O GRIFO DE ABDERA

Lourenço Mutarelli
Mauro Tule Cornelli
Oliver Mulato
&
Raimundo Maria Silva
O GRIFO DE ABDERA

1ª reimpressão

Este livro é dedicado a Fernando Sanches.

Sumário

I. O livro do fantasma, 9

II. O livro do duplo, 105

III. O livro do livro, 191

I. O livro do fantasma

A Oliver Mulato, em memória

*Aquele que dança em sua própria casa
atrai incêndios.*

1

As pernas verdes do Diabo

Sabe, Paul, se você tivesse tempo, eu gostaria de te contar uma história.

Eu adoraria ouvir, George, mas você sabe, a nave está de partida.

Sim, Paul, eu sei.

Só me diz uma coisa, George, sobre o que seria a história?

A sua história, Paul. Eu contaria a sua história real.

Então ecoa o sinal. Um longo e melancólico apito.

Paul sobe a rampa de lançamento sem olhar para trás.

Eu sabia que nunca mais nos veríamos.

Fim.

Havia em Marselha em 1906, ou 1907, um menino chamado Nanaqui. Na realidade seu nome era Antonin Artaud e "morreu" no manicômio de Ville-Evrard em agosto de 1939, aos quarenta e dois anos. Morrer aos quarenta e dois anos não é nenhum milagre e todos viram sair do manicômio de Ville-Evrard o cadáver de Antonin Artaud, o milagre é que depois desse crime o mundo tenha continuado, e sobretudo que alguém tenha podido ocupar o lugar de Antonin Artaud e assumir sua dor. Esse alguém se chama Antonin Nalpas, tal como foi comunicado por Deus na quinta-feira à noite.

Antonin Artaud, o dramaturgo, ator, diretor, escritor, autor de *O teatro e seu duplo*, escreveu isso num manicômio durante uma de suas internações. Srinivasa Ramanujan, o brilhante matemático indiano, quando tinha dezenove anos, deixou em seu diário esta estranha anotação: "Sou Srinivasa Ramanujan e ao mesmo tempo John Melvin Cyphers". Na noite de 10 de junho de 1919, em Londres, George Jones, de sessenta anos, vagava ensanguentado pelas ruas. Um grupo de pessoas o socorreu e o levou ao hospital. Jones andava como se estivesse em transe e, apesar de ter levado seis facadas, três no peito e três no pescoço, agia como se não se desse conta disso. Passou três dias no hospital antes de morrer. Lá ele relatou a um dos médicos que o assistia que, embora fosse George Jones e tivesse nascido em Essex em 1859, ele também era Ulrich Kahlweiss, um garoto alemão de onze anos que vivia em Bonn. Isso sem falar no famoso caso de Nikola Tesla, que reencontrou seu amor numa pomba.

Esta é uma daquelas histórias que não dá pra começar do começo. E, ainda que este seja meu vigésimo livro, pela primeira vez escrevo uma história real.

Se alguém me desse ouvidos, saberia que, embora eu seja eu, também sou, ao mesmo tempo, Oliver Mulato. Oliver tem quarenta e oito anos e é professor de educação física. Eu me chamo Mauro Tule Cornelli e tenho quarenta e nove anos. Sei que isso pode parecer duro de engolir, mas vamos lá.

Oliver teve sua vida destruída por minha interferência. Isso se deu de forma involuntária, inexplicável, e sem o meu conhecimento. Mas ele está a ponto de recomeçá-la e eu estou realmente empenhado em ajudá-lo. Quanto a mim, eu não soube aproveitar minha vida. Plantei, mas outros colheram os frutos. Oliver voltará a lecionar na próxima segunda-feira num coleginho de merda no bairro da Pompeia, São Paulo. Eu sou escritor. Fui escritor a vida inteira. Nunca tive nenhuma inclinação para os esportes. Nem nadar eu sei. Sequer consegui aprender a andar de bicicleta. Jamais gostei de futebol. Mesmo assim, agora sou eu e, de algum modo, sou esse que dará aulas de educação física no colégio FASES, que fica na rua Padre Chico, 523.

O mais curioso é que agora, neste exato momento, Oliver Mulato está no metrô terminando de ler "Uma Ocasião Exterior", meu último livro, recém-publicado. O único livro que escrevi usando o meu nome verdadeiro. Ter um pseudônimo é ser dois ao mesmo tempo também. Principalmente no meu caso. Porque eu dividia meu pseudônimo com um desenhista. Acho que aqui pode ser o início.

Tirando "Uma Ocasião Exterior", nenhum dos meus livros traz uma foto minha. Quando comecei a escrever, fazia roteiros para histórias em quadrinhos e, no dia em que a editora pediu uma foto para divulgação, eu tremi na base. Sou um cara tímido. Não achava relevante ter minha cara com a mão no queixo estampada em meus livros. Então, nesse dia em que J. Carlos, meu primeiro editor, pediu a tal foto, me ocorreu uma ideia. Mas isso também não tem nada a ver com o início da história.

O início é Oliver lendo o meu livro no metrô, a caminho do colégio FASES, onde vai entregar os últimos documentos pendentes para poder começar a dar aulas já na próxima segunda, depois de passar quase um ano desempregado. Ele termina "Uma Ocasião Exterior" com os olhos marejados. Está emocionado. Está na Linha Verde. Está na estação Trianon-Masp. Oliver fecha o livro e olha ao redor. Sente compaixão pela humanidade porque o meu livro o fez sentir isso agora.

Meus livros não eram assim otimistas quando assinava com pseudônimo. Oliver repara na moça torta que está sentada a seu lado escrevendo compulsivamente. Ele se esforça, mas não consegue entender sua letra. Vê o velho de pé olhando feio para uma gorducha que finge não perceber a presença dele fingindo que lê algo no celular para não ter que deixar o assento azul. Vê outras pessoas e as entende. Sente por elas.

É assim, às vezes somos muitos. Na estação Sumaré ele guarda o livro no envelope e se levanta. Embora vá descer na

Vila Madalena, sabe que tem que estar a postos junto à porta para conseguir sair do trem. De nada adianta o aviso escrito no chão que pede às pessoas que façam um grande gesto e esperem primeiro os passageiros descerem para depois embarcarem. É preciso abrir caminho entre eles. Talvez, se as pessoas lessem mais livros, teriam mais compaixão com o próximo. Entenderiam que estamos no mesmo barco ou, como metaforizei em "Uma Ocasião Exterior", na mesma nave.

Oliver veste agasalho Adidas, como todo bom professor de educação física, e carrega um envelope com os tais documentos pendentes. Ele teria sido titular da seleção de voleibol não fosse a contusão que sofreu. Isso o levou a dar aulas. Ele odeia dar aulas. Mas aguentava seu ofício enquanto lecionava no Lycée Louis-le-Grand, uma importante escola para filhos de ricos, e recebia um salário até que bom.

Martha, sua ex-mulher, ganhava o triplo como gerente administrativa de um laboratório multinacional da indústria farmacêutica. Viviam uma vida confortável. Juntos têm um filho de vinte e cinco anos que os odeia e se chama Bruno. Tudo o que Bruno quer da vida é fumar maconha e ouvir reggae. Mas, como eu disse, tudo ia bem. Até o Diabo mostrar suas verdes pernas.

Quando jovem, Oliver se dava bem com a mulherada. Era um cara descontraído e comunicativo. E aqueles que não o invejavam, adoravam a sua companhia. Até o dia em que seu joelho se chocou violentamente contra o chão. Foi durante uma partida. Oliver tinha vinte e dois anos. A partir daí nasce outro Oliver. Ele se submeteu a duas cirurgias no joelho. A segunda, na verdade, foi para consertar a cagada que fizeram na primeira.

Logo depois da segunda operação, Oliver conheceu Martha. Martha é uma mulher forte. Foi a primeira mulher que

Oliver precisou batalhar para conquistar. E o pior foi que isso se deu num momento em que sua autoestima estava abalada. Sem jogar, e depois de ficar um bom tempo trancado em casa se recuperando, aquele cara extrovertido começou a ter uma vida mais interna. Como passou muitos meses de cama, com a perna pra cima, Oliver desenvolveu o hábito de ler e desenhar. E os livros acabaram convencendo Oliver de que a vida não deve ser celebrada.

Talvez por isso trago em meu último livro, "Uma Ocasião Exterior", uma mensagem mais esperançosa. De alguma forma, a leitura e o desenho o foram silenciando. Oliver não era de falar muito até nossas vidas se cruzarem de maneira misteriosa. Martha gostava de um rapaz chamado Máximo. Mas, com perdão do trocadilho, Máximo não lhe dava a mínima. Cansada, ela resolveu ceder aos apelos do garoto que tinha sido uma promessa nos desportos e agora se arrastava em muletas.

No terceiro encontro íntimo Martha engravidou. Casaram e viveram juntos até as vésperas das bodas de prata. No ano passado, Martha o deixou. No ano passado Oliver perdeu um dente da frente. No ano passado Oliver foi demitido. No ano passado Oliver trocou tudo o que tinha por um quarto de pensão na rua França Pinto, Vila Mariana. Nem banheiro havia no quarto.

E no ano passado, no mesmo instante em que Oliver começou a *hablar español* e reproduzir frames de filmes pornôs alemães e franceses, eu fui abordado por um estranho que me entregou uma moeda dizendo que estava pagando uma dívida milenar.

Apesar do protagonista desta história ser Oliver, vou ter que falar de mim muitas vezes. Afinal, eu também sou ele. E, embora as pessoas não percebam, nós somos idênticos. Isso me espanta. Somos fisicamente idênticos e ninguém se dá conta disso.

Não sei se sempre foi assim. Não tinha a consciência de meu duplo até o cochilo que dei depois de comer uma omelete. Então, vamos lá:

Há muitos anos tomo meu café da manhã no Bar do Marujo. Lá tem uma figura, um desses seres quase mitológicos que vivem nos bares. Por sinal, ele figura em dois de meus romances. Enquanto refletia sobre a foto que iria estampar meu primeiro trabalho a ser publicado, fui abordado por ele: Quer fazer uma fezinha, doutor?

Mundinho. Raimundo, vulgo Mundinho, é um desses que vivem de pequenos bicos ilegais. Faz jogo do bicho e vende entorpecentes no Bar do Marujo há mais de vinte e cinco anos. Sua mãe o prometeu à Virgem Maria. Queria uma menina, mas veio ele. Mesmo assim, ela pôs Maria em seu nome. Raimundo Maria Silva. Mundinho é um cara descolado, ginga de malandro e uma cara feia mas muito mais expressiva do que a minha. Achei que podia ser bacana ter a sua cara no lugar da minha.

É claro que eu teria que consultar o Paulo Schiavino, que era quem desenhava as HQs. Por sorte o Paulo, que era ainda mais tímido que eu, concordou. Mais que isso, ele sugeriu: Por que não criamos um personagem?

Foi o que fizemos. Depois de relutar um pouco, Mundinho acabou topando em troca de uma dose de pinga.

Voltemos a Oliver. Um dia Martha preparou um jantar importante em sua casa para um acionista gringo, Luis de Urquijo, e para o presidente brasileiro da multinacional. O jantar se deu nesse dia em que recebi a tal moeda e comi a omelete. Honestamente, ainda tenho dúvidas sobre qual dos dois fatores nos ligou.

Oliver chegou em casa depois de dar aulas no Lycée Louis-le-Grand e, embora Martha tivesse contratado um bufê com chef de cozinha e tudo mais, estava nervosa e apreensiva. Por isso, quando entrou no quarto e viu que Oliver, em vez de estar no banho, assistia um filme pornô retrô no laptop e desenhava, teve um chilique daqueles. Tentando acalmá-la, Oliver se justificou explicando que acabara de ter uma ideia para fazer uma história em quadrinhos.

Esse foi o primeiro sinal, ou sintoma, de nossa estranha conexão. De qualquer forma, Oliver tomou seu banho, se vestiu apropriadamente e se manteve calado e discreto quando as visitas chegaram. Mas, durante o jantar, ele se pôs a soltar frases aparentemente desconexas e chulas.

Começou quando o sr. Gonçalo Lobo Guedes, o presidente brasileiro do laboratório, perguntou: E então, Oliver, como vai o colégio? Oliver respondeu: *Mierda, una sección que parecía un tronco de* árbol. *Mi culo en carne viva.* ¡*Ay, caramba! Migas de pan hechas.*

E ao representante espanhol tristemente falou: *Quiero chuparle la jeba.* ¡*Entonces usted follar mi coño hasta que el robado silbato!* ¡*Caracoles!* ¡*Maldita carambola, eita conga!*

E, quando Martha, surtada, gritou com ele: Você está louco?, ele respondeu: *El Diablo tiene patas verdes mientras abro una esfiha, uno xoxotão mismo, cálido y color de rosa...*

E tudo isso por minha culpa. Se eu pudesse imaginar que um pequeno hobby iria um dia chegar e se manifestar através de um, até então, estranho, nunca teria brincado com o Google Tradutor.

Porque era isso. Ora digitava frases quando estava irritado, ora me excitava ao ouvir aquela voz dizendo coisas obscenas. As frases mais engraçadas eu copiava e colava no Word. Afinal, sou um escritor, e para um escritor tudo pode ser matéria-prima um dia, se ele souber guardar. Por isso, coleciono um monte de coisas aparentemente inúteis. Alguns já me acusaram de ser um colecionista, mas garanto que esses nunca escreveram um romance.

A partir de um anagrama de meu nome, eu e o Paulo criamos um autor. Lourenço Mutarelli. Assim assinamos nossa primeira parceria. Quanto ao Mundinho, nem precisamos tirar a foto. Quando explicamos o plano, ele disse que tinha uma "da hora" que um colega seu tinha feito.

A foto era emblemática o bastante e a usamos em nosso álbum de estreia, *Transubstanciação*. A foto mostra Mundinho caído de bruços num trilho de trem. Mundinho disse que foi tirada em Peruíbe.

Ironicamente, Paulo morreria atropelado em 30 de outubro de 2005, um dia depois de terminarmos *A caixa de areia*, nossa última parceria. Na foto da perícia a pose de Paulo morto era idêntica à de Mundinho no trilho do trem.

Que Deus o tenha.

Com a morte de Paulo, tive que me virar sozinho, por isso abandonei os quadrinhos e passei a escrever livros.

O cheiro do ralo é o primeiro título de minha carreira solo.

2

O Grifo de Abdera

O metrô estava lotado e, quando eu me levantava para descer na estação Carrão, um sujeito surgiu pedindo licença em meio àquela massa e tocou no meu ombro. Eu nem acredito que te encontrei, ele falou. Devia ter uns cinquenta anos. Careca, com uns tufos de cabelo sobre a orelha e dentro dela. Eu nunca o tinha visto. Pedi desculpas e disse que ia descer. Ele fez um sinal pra que eu fosse e desceu comigo. Lá na plataforma ele disse que tinha algo que me pertencia. Então me entregou uma moeda de prata. Uma moeda bonita. Disse que a moeda era minha e que estava pagando uma dívida milenar. Perguntei o que ele queria. Ele disse que era só aquilo. Isso foi quase às sete da noite. O cara pareceu muito feliz ou realizado quando apanhei a moeda. Deu uns três tapas no meu ombro e, sem que eu percebesse, se foi. Porque me distraí observando aquele belo pedaço de metal. De um lado tinha um animal. Desses animais misturados. Parecia um leão alado com cabeça de águia. No verso, um homem sentado sobre algo que parecia ser um boi. A situação toda me deixou meio ausente. Quando me dei conta, procurei pelo cara, mas ele tinha sumido. Caminhei para casa. Moro na rua Dr. Angelo Vita, 180, que fica próximo da estação. Ao chegar, preparei um café e, enquanto esperava a água ferver, fiquei analisando a moeda. Como disse, no momento em que me entregou a moeda, Oliver *hablaba español*, assim é a vida. E *habló* um monte de coisas chulas na quadra do Lycée Louis-le-Grand.

Comer mi culo, Mauro, ven que soy tu perra sucia.

Isso foi só o começo. Uma das alunas, assustada, chamou o diretor. E, ao diretor, Oliver dirigiu estas palavras: *Su padre tiene la polla suave y tu madre tiene el culo peludo y usted no nació, tu madre te cagaste. Cagado una piña y un pequeño pasas. Me siento mejor ahora, maldita perra que es tu madre!*

O diretor da escola perdeu a cabeça e meteu um murro na cara de Oliver. Oliver perdeu um dente da frente. Oliver perdeu o emprego como quem perde um dente. Perdeu a esposa como quem perde um dente.

Martha tentou tirar até o sangue de Oliver. Oliver acabou no tal quarto sem banheiro na pensão na Vila Mariana. Por sorte, depois de meses uma amiga conseguiu essa escola onde ele começa na segunda.

Ele entrega o envelope na sala do departamento pessoal. A mocinha confere. Quando ela vai lhe devolver o livro, Oliver diz que ela pode ficar com ele. É um excelente livro, leia. A moça agradece. Então ele vê o aviso na parede, numa plaquinha encardida: "Sorria, você está sendo filmado". Oliver procura a câmera. Não encontra. Pra quebrar o gelo e puxar assunto, ele pergunta à moça que analisa os documentos: Onde está a câmera? Ela tem um acesso de riso e diz que ninguém nunca tinha percebido isso. Não há câmeras. No Lycée Louis-le-Grand havia câmeras mas não tinha aviso. A moça diz que está tudo o.k. Oliver diz: *Entonces hasta luego.*

Quê?

Então, tá, então, ele corrige.

E a moça diz: Então, tá. Até segunda.

As paredes do FASES são todas manchadas e cheias de rachaduras. Os móveis são velhos. O avental dos funcionários, amarelado. Oliver caminha alguns metros até a avenida Pompeia e espera pelo 177X, que o deixará no metrô. Oliver não dirige mais. Vendeu o carro e entregou o dinheiro a Martha. Oliver pesquisou o trajeto do 177X no Google Maps. O Google tem sido um bom companheiro para ele. Quase um amigo. O ônibus demora. Oliver observa as nuvens. O Google também foi um grande companheiro pra mim.

Creo que tiene un cigarro en mi culo, esto es el maíz en la mazorca sabroso en mi cheleca, que desliza para arriba palomitas de maíz.

Eu não conseguia lembrar o nome daquele ser mitológico

cunhado na moeda. Então dei uma busca no Google. Animais mitológicos. De cara apareceu o ser na opção Imagens. Cliquei. Grifo. Depois joguei: Moedas antigas com Grifo. "Fórum dos Numismatas — O Grifo de Abdera", já no primeiro resultado. Cliquei e vi a minha moeda. A Wikipédia me ensinou que "Abdera foi uma cidade grega na costa da Trácia, perto do rio Nestos, quase frente a Tasos. A sua fundação mítica é atribuída a Hércules, em honra de Abdero, seu eromenos, que morreu ao ajudá-lo na captura das éguas de Diomedes, um dos seus famosos trabalhos. Na verdade, foi, inicialmente, uma colônia de Clazómenas, no século VII a.c."...

Eu e Paulo criamos um personagem que se chama Diomedes, e na época pesquisei o nome e encontrei esse das éguas, mas isso não importa. Como não fazia ideia do que seria um eromenos, cliquei no link e descobri que "o eromenos (em grego, ἐρώμενος — plural: 'eromenoi') era um adolescente do sexo masculino envolvido em uma relação amorosa com um homem adulto, denominado erastes (em grego, ἐραστής — plural: 'erastoi'). O relacionamento entre o eromenos e o erastes era muito mais amplo que meramente sexual, como atesta a variação de nomes nas diversas polei. Em Atenas, o eromenos era também chamado '*paidika*'. Em Esparta, era 'aites' ('ouvinte'). Em Creta, era '*kleinos*' ('glorioso'). Se um eromenos houvesse lutado numa batalha ao lado do erastes, era chamado '*parastathenes*' ('o que se posta ao lado')".

Continuei pesquisando e descobri que a moeda fora cunhada no ano 411 a.C. No blog Stasiotika descobri que o verso da moeda traz Héracles sentado numa roca coberta com a pele do Leão de Nemeia. Na mão direita, Héracles segura uma clava apoiada em seu joelho. Héracles, o antigo semideus grego que os romanos transformaram em Hércules. No maravilhoso livro de Junito Brandão, o verbete "Héracles" ocupa vinte e nove páginas.

E foi assim. Em poucos minutos eu sabia a história da moeda que me foi entregue por um estranho em promessa do pagamento de uma dívida ancestral. E, ainda que o Google tivesse me dado todas as respostas rapidamente, depois da pesquisa eu estava exausto. Fiz uma omelete com um resto de queijo *gruyère* e piquei um tomate. Em seguida subi a meu gabinete para escrever, mas senti um sono incontrolável. Uma sonolência mórbida, poderia dizer. Por isso, apesar de não gostar de dormir tão cedo, tive que me deitar um pouco. Após um cochilo pesado, acordei com a consciência de que eu era também Oliver Mulato.

Não quero adiantar o argumento, mas volto a dizer que é uma história difícil de contar, por isso vou dar um salto, para ajudá-los a entender que, embora eu seja também Oliver, ele desconhece a minha existência. Sei que tudo parece estranho, mas é assim que é. E nós nos encontramos um dia. Porque cansei de ser chantageado por Mundinho e publiquei "Uma Ocasião Exterior" usando meu próprio nome, e na orelha a foto estampa meu rosto real. Eu cansei de passar vergonha lendo e assistindo as entrevistas que Mundinho dava em meu nome, ou em meu pseudônimo. Eu criei uma vida pra ele. Criei uma esposa. Lucimar, essa também tem me chantageado.

E antigamente Mundinho bebia pinga e agora só quer saber de uísque doze anos. E, nesse dia em que nos cruzamos no metrô, Oliver me reconheceu. Por causa da foto da orelha. Ele se aproximou de mim e disse:

Me desculpe, você não é Mauro Tule Cornelli?

Sim. E sou eu quem pede desculpas por isso.

Queria ter dito mais. Queria ter dito também: Sou eu e sou você. Mas não disse.

O que já disse é que, embora sejamos idênticos, ninguém parece notar.

3

O canto que me desperta

Esta história começou a ser escrita, digamos, em tempo real. Levei quase dois anos para concluir este livro. Ele é narrado em ordem cronológica — me refiro aos capítulos —, mas, evidentemente, muitas vezes retomei a escrita de capítulos anteriores e, por isso, em determinados momentos o tempo se alterna.

Uma coisa muito importante a mencionar é que, quando se é dois, a relação espaço-tempo é outra. Quando se ganha a consciência de outro, quando se pode de alguma maneira estar em dois lugares simultaneamente, o tempo como nos habituamos a aceitar perde o sentido.

Depois de concluir os três primeiros capítulos, sofri um bloqueio e fiquei sem escrever por quase sete meses. Mesmo assim, vou tentar descrever certas passagens voltando um pouco ao tempo em que aconteceram.

Não é nada fácil expressar como é, e principalmente como foi, sentir esse desdobramento, ser dois. Ou, ao menos, ter a sua própria consciência e a consciência de outro. No início, ter a cognição de Oliver me paralisava e quase me enlouqueceu. O que me libertou foi justamente escrever a respeito disso. Porque era muito difícil estar ali vivendo minha vida e saber sobre Oliver.

Na verdade, eu penso que essa é a origem dos livros. Os livros são a tentativa do autor de refletir profundamente sobre determinada questão ou tema. A prova disso é que Oliver também escreveu um livro depois de sofrer a mudança. Depois de minha interferência involuntária. Muitos dirão que ele nunca fez um livro, mas Oliver fez sua HQ. E, para mim, um álbum em quadrinhos pode ser um livro. Ao contrário, um livro nunca será um quadrinho. E, apesar de eu ter dito que Oliver desconhece nossa ligação, sua história em quadrinhos trata exatamente dessa questão. Além disso, a HQ apontou algo ainda mais surpreendente e perturbador, que mais tarde tive a oportunidade de discutir com ele.

Não era só a minha voz que estava se manifestando em Oliver. Misturadas às frases do Google Tradutor havia outras vozes. E essas vozes são o que há de mais intrigante e belo em sua HQ. Como é o caso das pernas verdes do Diabo. Em nossa conversa, Oliver disse que, quando desenvolvia sua novela gráfica, buscava exatamente uma voz que ele sentia não ser dele. Enquanto trabalhava exaustivamente na confecção da HQ, Oliver alegou, o cansaço fazia surgir certas frases que não lhe pertenciam. Procurei entender o que ele tentava dizer. E de onde você acha que vêm essas vozes?, perguntei, com medo de que ele achasse que estava psicografando o material. Mas sua resposta foi muito mais rica. Ele disse que essas frases eram algo muito ancestral e que não vinham de fora, ao contrário. Era algo que estava gravado em algum lugar muito obscuro nele mesmo. Como se fizessem parte de seu DNA. Não eram vozes de espíritos, ao contrário, era algo vivo. Eram vozes que a morte não pode calar. Algo dito por seus incontáveis antecessores. Como numa passagem em que a garotinha pergunta a seu pai: Como é aí onde você está, papai?, e o pai responde: Você sabe quando o papai apaga a luz do seu quarto e fica tudo escuro? Você sabe que as coisas estão lá mas não consegue ver... aqui é assim. Esse mesmo pai que antes falara para sua filhinha: Por enquanto, querida, quando você perder um dente, nascerá outro. Há muitas outras passagens com essa estranha beleza. Num momento o protagonista, o professor, profetiza: Aquele que dança em sua própria casa atrai incêndios. Em *XXX*, Oliver conta a história de um professor que se vê num jovem aluno. E isso nos remete aos eromenoi. Como vocês poderão perceber, tudo gira em torno da moeda. Toda a nossa ligação e toda a minha vida.

O quadrinho não foi publicado por uma editora. Foi feito como um fanzine. Impresso em xerox, em preto e branco, e paginado, grampeado, cortado, montado e distribuído pelo próprio Oliver. O que é uma pena, pois isso tira a riqueza dos amarelos recorrentes que pontuam a história nas luvas de certos personagens. E a capa, vivamente colorida, se transformou numa maçaroca de cinzas. Oliver fez pouquíssimas cópias e isso tornou *XXX* um material extremamente raro e até mesmo cult. Sobretudo para um grupo de professores do colégio FASES. Os mesmos professores que, entre eles, chamam o colégio de FEZES. Como ninguém conseguia entender a história, pensavam que o argumento era muito inteligente. E, se era inteligente, eles fingiam que tinham entendido. *XXX* é na verdade um mergulho experimental. E o mercado precisava de algo assim. O desenho é expressivo, surpreendente, em especial se levarmos em conta o fato de Oliver ser um ex-atleta. A grande maioria dos desenhistas é sedentária. Além disso, o enredo, apesar de intrincado e muito confuso, esbarra em algo verdadeiramente puro. E essa não é a opinião de um leigo, não esqueçam. Junto com Paulo, publiquei doze álbuns de histórias em quadrinhos. O único ponto em que Oliver peca em sua HQ é no letreiramento. Ele devia ter praticado mais, ou devia ter digitalizado o texto.

Quanto ao Grifo de Abdera, eu fiquei realmente fascinado. Em primeiro lugar porque nunca tinha tido em mãos algo tão antigo, e depois, não posso negar, pela forma como esse objeto chegou a mim. Isso também foi intrigante e aumentou seu encanto. Um fato curioso é que não sei dizer qual é a cara ou a coroa nessa moeda. E, apesar de ter conseguido todas as informações no Google a partir da figura do Grifo, talvez por não ter seguido com os estudos acho interessante que ela não se chame "O Héracles sentado", por exemplo. A moeda é conhecida pelo Grifo.

Um pouco do que aprendi com Junito Brandão sobre Héracles. Anfitrião era casado com sua prima Alcmena. E Alcmena era tão bela que até Zeus se encantou. E, como Zeus queria "dar ao mundo um herói como jamais houvera outro", para libertar o mundo, e sabendo da fidelidade da princesa micênica, tomou a forma de seu marido. E, enquanto Anfitrião estava fora combatendo na ilha de Tafos, Zeus apareceu na forma de Anfitrião para se deitar com Alcmena.

Desconfiado da traição, Anfitrião procura o adivinho Tirésias, que a confirma.

Enfurecido, Anfitrião resolveu queimar viva Alcmena. Mas Zeus mandou uma tempestade que apagou a fogueira. Pois Alcmena estava grávida. Grávida dos dois.

E Alcmena acaba gerando dois filhos. Héracles, filho de Zeus, e Íficles, filho de Anfitrião. Mas Hera, que foi a terceira esposa de Zeus, descobre, e em vingança ordena a Ilíata que atrase o nascimento de Héracles e apresse o de Euristeu, primo de Alcides, já que só o primogênito seria o herdeiro de Micenas. E assim se fez. Euristeu nasceu de sete meses e Héracles de dez.

E, para tornar Héracles imortal, Zeus arma um plano. Pois, para ser imortal, era preciso que ele fosse amamentado por uma deusa. Então, a mando de Zeus, Hermes coloca o menino para mamar em Hera enquanto ela dorme. E ela acorda enquanto o bebê se alimenta. Isso desperta a fúria de Hera, e daí surge toda a desgraça que Héracles enfrentaria. E isso inclui os doze trabalhos. E o Leão de Neméia, que é justamente o primeiro deles, é o que estampa o verso da moeda. Héracles com uma clava na mão, sentado sobre o leão abatido.

Resolvi procurar um ourives e pedir a ele que incrustasse a moeda num anel. Arrumei um joalheiro grego através de uma busca na internet. Um grego muito gentil e prestativo, por sinal, mas, como a moeda era grande e pedi a ele que trabalhasse rápido, o resultado não foi o que eu esperava. O anel ficou gigantesco e com uma aparência ridícula. Quando experimentei, parecia que eu tinha colocado uma torneira no dedo. Mas aí já era, e eu já havia pagado pelo serviço. O anel virou um objeto grosseiro que estragou a moeda e acabou tirando o seu valor.

É importante dizer que, depois de descobrir a origem do artefato, procurei avaliar a peça, e para minha surpresa soube que as moedas antigas, não esqueçam que estamos falando de uma moeda de 411 antes de Cristo, não têm muito valor comercial. Não sei o grau de raridade dela, pois não encontrei nenhuma cotação específica para o Grifo de Abdera. Em alguns sites, essas peças são classificadas como: C, comum; S, escassa; R1, rara; R2, muito rara, e R3, extremamente rara. Ou, melhor dizendo, valem muito menos do que eu julgava. É possível descobrir o preço de quase qualquer moeda nos fóruns de numismatas. E, se tiverem sorte, talvez vocês possam conseguir um Grifo de Abdera por aproximadamente trezentos reais. Esse é o valor que estimei em comparação com moedas classificadas como S. Minha moeda vale um pouco mais que isso, porque se encontrava em excelente estado. Mesmo assim, ela valeu a minha liberdade.

Se vocês já leram algum de meus livros, devem saber que eu não acredito nesse conceito. Sempre deixei isso bem claro. Nunca acreditei em liberdade, mas a moeda me ensinou que podemos pagar por isso. Pois, quando Mundinho descobriu que lancei um livro usando meu nome, ele veio me ameaçar.

Dessa vez fisicamente. Me jurou de morte.

Disse: Se você deixar de ser eu, vou fazer que deixe de ser você também.

E ele não veio sozinho discutir meu futuro.

A coisa mais triste para um escritor é se tornar um fantasma. Principalmente quando você não é um fantasma mas se torna um. Porque ter um pseudônimo não é ser um ghost-writer. E o pior é quando alguém leva os louros por você. Sei que a culpa disso tudo é minha. E, quando falo dos louros, não estou falando sobre a fama. Falo das viagens e de certas regalias que o ofício da arte pode trazer. Isso tudo, a parte boa, quem desfrutou em meu lugar foi ele, Mundinho. O pior é que fui eu quem gerou esse monstro. E, infelizmente, isso é muito mais comum do que vocês possam imaginar.

Dada a natureza tímida dos escritores, muitos escolhem, digamos, avatares. Como é o caso de Ferréz, Marcelino Freire, Marçal Aquino e, pasmem, Paulo Lins. O avatar de Marcelino nem gay é. Já o avatar de Marçal é. O verdadeiro Ferréz é um sujeito miúdo, delicado e introvertido, e o verdadeiro Paulo Lins é albino. Isso para ficar só nos brasileiros. E são todos alcoólatras. Os avatares, naturalmente.

Não sei se vocês sabem, mas um autor ganha apenas dez por cento do preço de capa de um livro. E a maioria dos escritores brasileiros não vende grande coisa. As livrarias ficam com cinquenta por cento e as editoras, quando o livro não é um best-seller, têm um lucro muito pequeno, porque arcam com todas as despesas. Papel, impressão, distribuição, armazenagem, custo com funcionários etc.

Se vocês acham que isso é pouco, pesquisem quanto um autor leva quando tem os direitos de um livro vendido para o cinema. Em média, três por cento do custo do filme. De um filme de baixo orçamento. Isso se der sorte. Desculpem o desabafo.

E com o tempo o Mundinho passou a me chantagear, ficando com metade de meus royalties. Sua esposa fictícia, Lucimar, levou dois por cento dos meus últimos três livros.

Por essa razão, da última vez em que fui procurado por Mundinho — quando ele me ameaçou de morte, naturalmente querendo me extorquir ainda mais —, entreguei o anel como pagamento final e distrato dessa parceria que durou muito mais do que deveria.

Hoje me divirto ao vê-lo nas entrevistas mal conseguindo suportar o peso da geringonça. E, sempre que o virem com ela, lembrem que esse foi o preço de minha libertação. Ao menos, foi essa a minha intenção, e a partir daí pude assinar meus livros com meu nome e ilustrar a orelha com minha própria cara. Como é o caso de "Uma Ocasião Exterior". Mas o Mundinho é ardiloso e, quando um repórter ridicularizou o tamanho do anel, ele disse: Isso não é um anel grande. É um escudo pequeno.

Com toda a razão.

Vamos voltar um pouco ao bloqueio que sofri. Imagino que vocês saibam os problemas gerados pela falta de sono. E saibam que tanto eu quanto Oliver vivemos isso simultaneamente. No meu caso, isso acarretou bloqueio criativo; para Oliver, o efeito foi o contrário, e dessa forma ele começou a produzir seu quadrinho *XXX*.

Não sei se vocês fazem ideia do trabalho que é produzir uma história em quadrinhos. Eu garanto: produzir uma HQ é infinitamente mais trabalhoso do que escrever um livro. E dá muito menos prestígio.

Sou um cara urbano. Não sei distinguir uma laranjeira de, por exemplo, um pessegueiro. A única planta que conheço e cujo nome sei é a samambaia. Isso porque nos anos 1980 a samambaia era uma planta popular e muito comum nos lares paulistanos.

Do mesmo modo, não sei identificar o canto de nenhum pássaro, exceto o bem-te-vi. Obviamente porque ele foi batizado ou apelidado de acordo com o som que emite. Me envergonho disso. Assim, não sei identificar o pássaro que começa a cantar às três da manhã e segue até quase o fim da tarde. O pior é que essa ave também foi se urbanizando e de uns tempos pra cá um alarme de carro imita seu canto. Quando perguntei a um vizinho, que jura nunca ter notado o tal canto, ele me disse que, pela descrição, tudo levava a crer que fosse um sabiá. Dada a minha ignorância, acabei aceitando isso. Muito bem, o canto desse pássaro me acorda e me mantém incomodado. Em certas épocas ele se cala e eu esqueço da sua existência.

O pior é que há em seu canto algo melancólico. Ele não parece cantar para atrair seus semelhantes — imagino que essa seja a função do canto. Ao contrário, a impressão que tenho é que ele canta de solidão.

Sinto que ele canta pelo mesmo motivo que eu escrevo.

É difícil dizer isto, mas espero que ele realmente cante por solidão e que nunca encontre um igual e que por isso entre em extinção e morra. Ele e toda a sua espécie, que me atormenta. E, assim, quem sabe eu também não consiga parar de escrever.

Há um sabiá que canta próximo ao Oliver também. E, embora esse canto o desperte, isso não o incomoda. Vai ver que é como aquela fábula do sábio chinês que o Raul Seixas cantou. Talvez tanto eu quanto Oliver sejamos apenas o sonho do sabiá. Ou a manifestação de seu canto. De qualquer forma, Oliver sabe que sofre de insônia, mas nunca percebeu que o que o desperta é o pássaro.

4

Meus irmãos assim me reconhecem

Oliver começou a trabalhar no colégio FASES naquela segunda-feira. Antes disso, ele passava quase o tempo todo trancado no quarto de pensão na Vila Mariana. Por sinal, o Bar do Marujo fica nesse bairro. A Vila Mariana é um local muito importante na minha vida também. Fiz o colégio lá e morei muitos anos na casa de minha avó Norma. Atualmente, como já disse, vivo no Tatuapé.

Enquanto estava na pensão, nos dias que antecedem o colégio FASES, Oliver se achava confuso e sem autoestima, mas com pivô. Com prótese mas divorciado e desempregado, Oliver se trancou em seu quarto sem banheiro. Muitas vezes, quando precisava fazer suas necessidades, encontrava o banheiro coletivo ocupado. Certo dia, foi dar uma cagada e alguém havia acabado de fazer o mesmo. O cheiro estava tão insuportável que a partir de então Oliver desenvolveu um hábito bastante doentio. Ele passou a defecar em sacolinhas plásticas. Essas de mercado. Depois desovava os saquinhos no lixo junto ao poste.

Pelo menos a pensão tinha internet sem fio. Oliver baixava seus filmes pornôs dos anos 1970 e 1980, franceses e alemães, em sua maioria. Depois ele escolhia cenas, não de sexo, mas das historinhas. Então selecionava algum quadro, congelava o fotograma e o reproduzia em desenhos rápidos. Em golpes de vista. Aí, partia para o quadro seguinte. Abria outro filme e fazia o mesmo. As imagens geradas quadro a quadro iam, por si sós, criando uma narrativa. Como no princípio do cinema. Vemos uma mulher, depois uma faca, e em seguida uma mancha líquida, e entendemos que se trata de um crime. Oliver juntava as cenas nos pequenos quadros desenhados em seus cadernos. Alguns filmes eram recorrentes e o professor, que era o protagonista, surgia de qualquer ator de bigode. E nos anos 1970 quase todos usavam bigode.

Imagino que esse processo se assemelha ao de um músico que cria a trilha para um filme. Ele parte das imagens, das cenas, do ritmo da narrativa para compor a música com base em seu repertório. Só que nesse caso Oliver parte de um estímulo externo. Um filme em particular é o mais recorrente de todos. Infelizmente, não tinha créditos. Eu conversei com ele sobre a importância de creditar todos os filmes. Mesmo assim, ele não conseguiu descobrir a autoria daquele. Nem eu. Também pesquisei e não achei nada. É um filme francês. Provavelmente do fim dos anos 1970. Poderia ser classificado como "soft porno", pois, apesar das mulheres aparecerem completamente nuas, o coito é simulado e nunca aparece um bigolim. O enredo é curioso. Mostra um homem, de bigode, claro, que é o tempo todo perseguido por inúmeras mulheres que querem fazer sexo com ele. No fim, o Bigode, que dessa vez se encontra barbado e maltrapilho, foge dos estupros e entra numa vagina gigante. E não entra sozinho, junto com ele outro personagem a penetra, digamos. Os pelos púbicos servem de corda. O cenário vaginal é muito interessante. As paredes internas do bocetão pulsam, fazendo lembrar o mar de *E la nave va* de Fellini. Lá dentro eles se deparam com três inimigos armados e um burro de carga.

Dessa película Oliver extrai muitas cenas para sua HQ. São aquelas em que o professor está sentado na cama com a mulher de lingerie preta. Mas foi *Serva* de Tinto Brass quem desencadeou esse processo. Se vocês não estão lembrados, Tinto Brass é o respeitado diretor de *Calígula*. Seus filmes têm uma fotografia impecável e, em termos de qualidade, na definição da imagem, são os melhores da web.

Dos alemães, *Josefine Mutzenbacher*, escrito e dirigido por Hans Billian, com a musa do pornô alemão, Patricia Rhomberg, *XXX* tem cenas recorrentes.

5

A tríade quadripartida

Foi nesse ponto que voltei do bloqueio. É claro que eu podia ter corrigido as coisas que antecedem esse ponto. Por outro lado, como já disse, este é o primeiro livro que escrevo baseado em fatos. Procurei manter as coisas não apenas como se deram, mas como me deram. Isto é um registro do modo como fui montando as peças. Compreendendo a complexidade de toda essa trama que foge à percepção adormecida do cotidiano. Foi nesse ponto que resolvi encartar no livro a história de Oliver, após a sua morte trágica. O encarte, a princípio, era uma homenagem. Encartá-la era a maneira de tê-la editada com dignidade. Respeitando os amarelos que pontuam a história. O amarelo manifestado nas luvas que relacionam personagens que, como nós, são também duplos. E ao fazer isso, ao encartá-la, percebi que este livro não era um mas três. Foi a partir desse ponto que descobri que Mundinho, a quem desprezava e por quem, devo assumir, sentia ódio, era na verdade o substituto de Paulo. Ou, ao menos, meu parceiro. Foi aqui que percebi que há algo de místico no ato de escrever ou de se manifestar de qualquer forma artística. Descobri, como Oliver, que há em minha obra vozes que, embora me pertençam, não são a minha. Embora me pertençam. Foi nesse ponto que descobri que sou, quando e enquanto escrevo, mais Lourenço do que Mauro. Desde que recebi a moeda, surgiu um ruído em minha mente. Não me refiro ao nascimento de meu duplo. Esse ruído não tem nada a ver com as percepções que adquiri sobre a vida de Oliver. Esse ruído era outro. E resolvi investigá-lo. Tenho o hábito de usar um pequeno gravador digital. Para gravar um sonho no meio da noite. Para registrar ideias e apontamentos e para desenvolver diálogos. Por sorte, ele estava comigo quando decidi silenciar o ruído. Carregava o gravador no dia em que resolvi defrontar Mundinho. Apesar do tal Mutarelli ser um pouco conhecido, isso não interfere no trabalho de Mundinho. E, afinal, fazer o jogo do bicho e vender entorpecentes é o seu ganha-pão. Porque, como disse, dividimos os dez por cento. Além do mais, Mundinho nunca foi reconhecido quando trabalhava no Bar do Marujo. Uma única vez um jovem lhe disse: Cara, você é a cara do Mutarelli. Ele respondeu: Já me disseram isso. Então, na tentativa de romper o bloqueio e silenciar o ruído, fui ao Bar do Marujo. É claro que podia ter ligado pro Mundinho, mas isso não ia funcionar. Não pra mim. Precisava olhar em seus olhos. Ao avistá-lo de longe, liguei o gravador e coloquei-o no bolso da camisa. Confesso que tive que refrear o impulso de partir pra cima dele. Minha vontade era enfiar um murro na sua cara. Ele não teria chance comigo. Mundinho é quase um anão. Magricela, e está sempre chapado. Ia ser fácil. Mas, apesar de tudo, o que me movia naquele instante não era a raiva que sentia por ele. O que me movia era a dúvida. Pra variar, ele estava fumando. O cigarro pendurado num canto da boca. Com a mão esquerda segurava o pau. Ele conversava com um sujeito. Gesticulava, maço de cigarros na mão direita, com aquela ginga de malandro que ele deve ensaiar na frente do espelho. O anel brilhava mais do que nunca. Quando me viu, ele fechou a cara. Apesar de tudo, seu olhar me deu um frio na espinha. Afinal, ele estava em seu território. Foi assim:

Mundinho?

E aí?

Eu preciso falar com você.

Desembucha.

Foi você, não foi?

Eu? Eu o quê?

O sujeito pediu licença e se afastou. Ele deve ter sentido o peso.

A moeda.

Ele sorriu. Baixou os olhos.

Foi ou não foi?

Ele estendeu o maço, me oferecendo um cigarro. Foi quando li *"Rauchen verursacht tödlichen Lungenkrebs"*. No verso do maço, *"Rauchen kann tödlich sein"*. Ele tinha acabado de voltar de Frankfurt.

A *Folha de S.Paulo* lançou uma polêmica questionando a ida de setenta escritores à Alemanha com verba pública. Imaginem quando, ao ler este livro, descobrirem que muitos que estavam lá nem escritores eram. O curioso é que nunca eles questionam a ida de delegações inteiras, com verba pública, de atletas a eventos esportivos. Se eles soubessem o que se passava toda noite no bar do Holliday Inn, conseguiriam uma matéria e tanto. Todos estavam hospedados no mesmo hotel! Desculpem, é só mais um desabafo, isso não importa.

Tio, eu não sei do que você tá falando.

Sabe, sim.

Ele continuava sorrindo enquanto olhava suas botas.

Quer beber alguma coisa?

Não. É muito cedo pra mim.

Antes cedo do que tarde, não é?

Ele olhou pra dentro do bar e gritou:

Ô Feinho, traz uma dose pra mim.

O que você queria com isso?

Já falei que não fui eu, cara.

Eu só quero saber qual foi a sua intenção. Foi pra me foder ou o quê?

Feinho traz o uísque num copo alto cheio de gelo. Mundinho vira bicho.

Porra, Feinho! Esqueceu, caralho?! Copo baixo, duas pedras! Porra!

Foi mal.

Acendi um Marlboro alemão.

Cê tá de carro?

Não. Eu não dirijo mais. Por quê?

Senão a gente podia dar um rolé.

Vamos a pé.

Deixa o Feinho trazer meu goró.

Tá legal.

E, para minha aterrorizante surpresa, no instante em que Feinho trazia o uísque corrigido, quem se aproxima de nós é Oliver Mulato. Ele vinha pela rua e, ao nos avistar, abriu um sorriso.

Como vai?, ele me pergunta.

Por um instante, minha vista escureceu e senti todo o corpo formigar.

Que coisa te encontrar de novo, ele emenda.

Como disse, Oliver já havia me abordado uma vez no metrô.

E aí, Mundinho?

E aí, patrão? Quer fazer uma fezinha?

Você sabe quem é ele?, Oliver pergunta ao Mundinho, enquanto toca suavemente em meu ombro.

Claro.

Eu arrisco a sorte com ele de vez em quando, soltei.

Você já leu "Uma Ocasião Exterior"?

Ô se li, Mundinho diz, fazendo careta.

Pra mim é o melhor livro de ficção científica brasileiro, arremata Oliver.

E vocês se conhecem de onde?, pergunta Mundinho.

Ele me viu no metrô uma vez. Ele me reconheceu por causa da minha foto que está no livro.

Mundinho dá um gole comprido. Então, sou eu quem pergunta:

E vocês? Se conhecem de onde?

Eu moro aqui do lado. Você também mora por aqui?

Não, não. Eu morava aqui perto, mas já faz uns oito anos que estou morando no Tatuapé.

E tudo estava sendo gravado. Depois Oliver disse que precisava ir. Mundinho continuava com uma cara irônica. Eu me perguntava se era possível que ele soubesse algo sobre a estranha ligação que eu tinha com Oliver. Antes que Oliver se fosse, Mundinho perguntou:

Não quer fazer uma fezinha?

Poxa, eu estou sem palpite.

Com que você sonhou essa noite?

É engraçado você me perguntar isso...

Engraçado?

É. Eu tive um sonho muito estranho...

Conta pra gente.

Dessa vez foi Oliver quem sorriu e baixou os olhos. Parecia tímido.

Vai parecer que estou bajulando o Mauro, mas eu vou ter que fazer como George.

Que George?

"Uma Ocasião Exterior", ele responde.

Ah, é? E o que foi que ele falou?

Você não leu o livro?

Li, mas não tô pegando a parada.

No fim do livro. Eu contaria o sonho, mas... a nave está de partida...

Acho que ainda não peguei, Mundinho diz, e depois esvazia o copo.

É que eu preciso ir embora. Estou atrasado e o sonho é meio longo, sabe?

Pode ir, Oliver, tento interromper.

Como você sabe o meu nome?

Se você tivesse tempo, eu gostaria de te contar uma história, solto, me parafraseando. Ele sorri, cúmplice. Então eu emendo:

Você me falou no metrô. E eu nunca esqueço um nome. Então ele aperta minha mão e sobe a rampa de lançamento. Mas, ao contrário de Paul, ele olha para trás e volta.

Sabe, Mauro, eu não queria ser inconveniente, mas eu escrevi um negócio...

Você também é escritor?, eu e Mundinho perguntamos em uníssono. Eu fingindo surpresa, Mundinho não. Então, tiro um cartão da carteira e lhe entrego.

Me liga, vamos tomar um café uma hora dessas e você me mostra o seu livro.

Sério mesmo?

Claro.

Eu não quero incomodar. Imagino que você tenha muitos compromissos...

Será um prazer.

Ele aperta minha mão, sorrindo, e repete o movimento de ir e voltar.

Ah! Só que não é livro o que escrevo. É história em quadrinhos.

Dito isso, ele se vai.

6
A lanterna

Mundinho pegou outra dose. Pediu para viagem. Saímos andando. Mundinho com sua dose dupla num copo plástico. Perguntei onde podíamos conversar em paz. Ele falou: Vamos até a caixa-d'água. Subimos a França Pinto até ela se tornar Carlos Petit. Atravessamos a Vergueiro, e lá estava aquele estranho monumento que tanto significado esquecido tinha pra mim. Foi engraçado revê-lo. Claro que já havia passado muitas vezes por ali, mas curiosamente, naquele momento, a praça da caixa-d'água transbordou de lembranças adormecidas. Atrás da caixa-d'água tem uma feira que já existia quando eu era menino. A feira se dá sempre às sextas. Eu costumava comprar o anel de caveira ali quando voltava do colégio. O anel do Fantasma. Subia a Rodrigues Alves até a Humberto I. Então seguia até a França Pinto. Sempre com um indinho no bolso ou na mão. Meus companheiros de plástico. Peças do Forte Apache. Seres inanimados que eu enchia de vida ao brincar. Coisas que me fizeram suportar a infância e sobreviver a ela. As primeiras histórias que criei. Talvez as melhores. Não foram escritas. Tampouco oralizadas. Eu brincava sozinho e em silêncio como quem ora. Apenas as armas que disparava emitiam sons. Ptchu, ptchim… e alguns gritos também vazavam nessas brincadeiras. Era o som da morte. Quando um dos bonecos era atingido. E eles morriam em câmera lenta. Eu sempre elegia um dos bonecos para ser eu. Brincar é também uma forma de gerar duplos. Eu era sempre um caubói ou um soldado da cavalaria. Os índios eram inimigos, como aprendi nos filmes que assistia. Mas, como comecei a brincar muito cedo, por alguma razão chamava esses hominhos de indinhos. Fossem o que fossem. Talvez porque intuísse que todos, um dia, foram índios antes de ser qualquer outra coisa. Eram peças de plástico pintadas à mão. E, ao contrário dos bonecos de hoje, as figuras do Forte Apache não possuíam articulações. Eram como estatuetas. Além dos indinhos, outra grande fantasia que tinha e que me salvava era observar a lua. Na penteadeira de minha avó tinha um são Jorge montado em seu cavalo. Sob o cavalo o dragão recebia a lança. A figura era da mesma escala que os indinhos. Nunca entendia por que minha avó não deixava que eu o misturasse em minhas aventuras. Mesmo assim, sempre o pegava escondido. E são Jorge era eu. O mais valente de todos. Porque em minhas brincadeiras ele não estava matando a besta. Ao contrário, a besta o acompanhava e obedecia a ele. E juntos exterminávamos inúmeros índios e vilões, porque nem todo caubói era do bem. E nós os aniquilávamos. E os víamos morrer em câmera lenta como num filme de Sam Peckinpah. E à noite eu procurava são Jorge na lua.

Agora, algumas crianças brincavam na praça da caixa-d'água. Noutro ponto, um mendigo falava sozinho.

Sentamos num dos bancos de concreto. Reiniciei a conversa.

Por que a moeda?

Mundinho sorriu e deu mais um gole comprido.

Alguma coisa mudou, tá ligado?

Como assim?

Nós éramos mais próximos. Não éramos?

Acho que sim. E o que mudou?

Eu não sei. Acho que você zicou com a proporção que meu personagem ganhou. Acho que foi o lance das viagens. Mas não pode esquecer que foi você que começou com essa parada toda.

Eu sei.

Mundinho toma outro gole. Depois acaricia o anel. Ele não parece perceber quão grotesca é essa peça. Talvez, para ele, o Grifo seja seu dragão aliado que abra os caminhos.

Eu fiquei muito puto quando vi o seu livro novo. Você podia ter avisado.

É. Eu precisava acabar com isso, sabe?

Eu entendo. Era só falar.

Se eu pedisse ou falasse, não era a mesma coisa.

Pode crer. Se pá, eu te entendo.

Você leu o livro?

Li.

E aí? Que achou?

Não parece um Mutarelli.

E não é.

Pode crer. Eu não curto muito essas *brisa* de ficção científica.

Isso é só uma metáfora.

Mundinho dá de ombros.

Mesmo assim, o que você achou da história?

É... sei lá. Você usa muito "isso".

Isso? Isso o quê?

A palavra. Você usou muito essa palavra.

Mas que palavra? "Isso"?

Isso. Você põe "isso" em quase toda frase. O tempo todo você dá essa letra.

Sério?

Não é de propósito?

"Isso" tem um significado pra mim.

Que significado?

Isso não importa agora. Mas, tirando isso, o que você achou da história?

É legal... bacana. Mas sei lá... não é como as outras.

Sempre achei curioso o fato de, quando estamos a sós, Mundinho deixar a ginga de lado. Não falar tantas gírias. Parece que ele se desarma na minha presença.

Tem umas *parada* legais.

Por exemplo?

É muito *louco* aquela parte que ele fala que o que mais admira nele é que ele pode ver ele.

Sabe o que eu mais admiro em você?
Não. O quê?
É que, quando você acorda, ao abrir os olhos você pode me ver.
Hum...
E o tempo todo você pode me ver.
Certo.
É isso. Eu admiro a sua sorte. A sorte de poder me ver o tempo todo.
Ah. É muita sorte, poxa vida.
Você já parou pra pensar nisso?
Parei. Mas não pensei.

Essa parte me fez lembrar do Carlton e Kleiton.
É verdade.
Eu curto *A caixa de areia*.
Eu também.
Pra mim é o melhor quadrinho que você já fez.
Pra mim também. É o meu preferido.
E o que você achou de Nimbos?
Sei, o planetinha lá. É, legal.
Não achou bacana a coisa das dançarinas?
É da hora.
Você entendeu aquilo?
Entendi, claro. Cada um tem uma dançarina e, se ela para de dançar, a pessoa morre. Você usou algo parecido numa de suas peças.
É. É verdade.
Acho que foi na *Mau-olhado*.

Que vossa matéria perpetue minha crença. E que minha crença libere vida. E que a vida cubra o silêncio. E que o silêncio se faça música. E que, quando houver música, dancemos. E que a sucessão do movimento se transforme em tempo. E que o tempo comporte nossas lembranças. E que nossas lembranças nunca se apaguem e se façam memória. E que a memória nos guarde e se torne história. E que, então, contemos. E que, ao ouvirem, creiam. E que a crença viva.

De qualquer jeito, não achou uma metáfora bacana?

É bacana.

Outro gole. Dessa vez ele esvazia o copo.

Eu gostei do lance lá da hora que o amigo fala que a mulher largou dele por causa da bebida e o cara diz que ela abandonou o filho também e que o moleque nem bebia.

É.

Só.

E a moeda? Por que você mandou que me entregassem?

Como você sacou que fui eu quem mandou entregar?

Sei lá. Foi um palpite.

Eu achei que podia ser bom. Achei que podia dar umas *brisa*. De repente podia render um novo livro. Fazia tempo que você não lançava nada. Quer dizer, eu não sabia que você estava escrevendo com outro nome.

Mesmo assim, eu passei três anos sem escrever.

Eu lembrei da parada que seu editor falou que você estava se repetindo. Achei que essa experiência podia trazer uma inspiração nova.

É. Meu editor não entende que eu recorro no assunto porque ainda não esgotei ele. Ainda estou refletindo sobre isso. Ele falou pra eu parar de pôr meu pai nas histórias.

Só. E aí você faz o livro do ET com o pai o tempo todo.

Eu fiquei revoltado mesmo quando ele me falou isso.

E o Burroughs também. Eles falaram também pra você não falar mais do maluco.

É. Eu não admito isso. Não aceito que interfiram no meu trabalho.

Mas, no último livro, você não falou. Nenhum personagem tem pai no "Uma Ocasião Exterior".

É. Eu só quis mostrar que podia fazer isso.

Ele entendeu.

Meu pai me disse, quando eu era pequeno, que aquela caixa-d'água, que tem um formato realmente sugestivo, era uma lanterna. E ela parece uma lanterna apoiada na base. Na parte em que se colocam as pilhas. Segundo meu pai, era essa lanterna que toda noite, quando era acesa, projetava a lua.

E eu acreditei.

E ainda quase acredito.

Funcionou?

O quê?

A moeda.

Funcionou.

Está escrevendo outro livro?

Estou. Inclusive agora.

Isso é bom.

É.

Vai falar do seu pai?

Enquanto for preciso.

E o livro tem nome?

O Grifo de Abdera.

Eita porra! Nome estranho...

É o nome da moeda.

Da hora.

E vou assinar em nosso nome.

Claro, Mutarelli vende mais do que Tule Cornelli.

Você sabe que não é por isso.

Tô ligado.

7

Vociferações e sentimentos obscuros

Oliver desenha em seu quarto de pensão. Às vezes ele interrompe o trabalho e vocifera uma das frases. *Baile de la calle Aurora siempre empieza a las cero horas. Polla dentro de polla me da el coño y me voy. Pobre jorobado de edad, se agachó, cogió en el culo. Cu cu rucucu, paloma.* Aquelas que um dia digitei no Google Tradutor. Aí, ele volta a desenhar. Era assim. Como soluço. Como ele menciona em *XXX*.

Muitas vezes, no meio da aula, o professor olhava para o nada como se olhasse para um lugar muito distante, como se fosse o infinito, e então contava uma de suas breves histórias de pessoas que ele conheceu um dia. Depois ele voltava à matéria. Essas histórias eram quase como um soluço que lhe dava.

No início, viver esse *fenômeno*, ter a consciência de Oliver, me virava o estômago. Como numa linha cruzada, meu raciocínio era confundido, no caso pelas visões, e eu sentia vertigem. Quando se dá uma linha cruzada, é impossível continuar com a ligação. Ou desligamos e ligamos de novo, ou nos calamos e ouvimos. Às vezes interferimos na conversa e tentamos confundir o diálogo alheio. Imagino que seja difícil compreender o que é ter duas consciências. Mais difícil ainda é explicar. Porque não sou, ou somos, dois integralmente. Nem um. Lembrei de uma aula de química em que o professor falou sobre isomeria. Ele disse que isomeria é o fenômeno no qual "dois ou mais compostos apresentam a mesma fórmula molecular". Mas esse também não é o caso. Isso também não tem nada a ver. Como disse, no começo perceber o *fenômeno* me nauseava, e eu tinha que me deitar um pouco para reiniciar a máquina — nesse caso era como derrubar a ligação para interromper a linha cruzada. Então, acordava com uma dor de cabeça terrível e ânsias de vômito. Pontos prateados dançavam na frente de meus olhos. Enxaqueca, obviamente. E, se não me cuidasse, era como se eu fosse completamente absorvido pela consciência dele. Porque, de qualquer forma, minha consciência era sempre mais presente. Dominante. Mas eu sentia que, se não lutasse para voltar, provavelmente seria engolido por Oliver e meu corpo seria abandonado, eu morreria desnutrido em minha casa. Como disse, o trabalho me libertou. Triste lema.

Escrever sobre essa estranha experiência me aproxima de mim. Acalma as visões e silencia as vozes. Não tenho, e acredito que nunca terei, controle sobre o *fenômeno*.

Depois da conversa com o Mundinho em que ele fez a observação de que eu tinha exagerado no uso do "isso" no livro "Uma Ocasião Exterior", recorri a um velho hábito. No início, quando escrevi meus primeiros textos, utilizava bastante alguns dicionários que em muito me ajudavam. Como, por exemplo, o maravilhoso *Dicionário analógico da língua portuguesa*, de Francisco Ferreira dos Santos Azevedo, e o fantástico *Dicionário de símbolos*, de Jean Chevalier e Alain Gheerbrant. Como, na tentativa de esclarecer o *fenômeno*, estava repetindo muito o uso dessa palavra, por falta de outra, consultei seu significado no *Dicionário analógico*. Vejam o resultado parcial:

Cv 83. Desconformidade, descompasso [...] *inadequação* [...] *anomalia, distorção, desvio, anormalidade, contraneutralidade* [...] *sobrenaturalidade* [...] *MONSTRUOSIDADE* [...] *aberração* [...] *DESVIO DAS LEIS NORMAIS* = *HETERONOMIA* [...]

E não para por aí:

infringência das leis da natureza [...] *hibridismo* [...] *teratogenia* [...] *salamandra, fênix, quimera* [...] *GRIFO* [!]

Ao pesquisar a palavra "fenômeno", encontrei como sinônimo: GRIFO! Se não acredita, faça o mesmo. Procure "fenômeno" no *Dicionário analógico da língua portuguesa*.

Junito Brandão nos diz que "os Grifos são pássaros fabulosos" que, consagrados a Apolo, guardavam seu tesouro. Cita Ésquilo, em *Prometeu acorrentado*: "Cuidado com os Grifos, esses cães de Zeus, que não ladram".

E Chevalier e Gheerbrant nos iluminam contando que "o Grifo parece ter sido para os hebreus o símbolo da Pérsia" e, em consequência, "da doutrina que a caracteriza: a ciência dos Magos, ou a doutrina de Zoroastro". Além disso, apontam para sua natureza dupla. Cabeça e asas de águia e corpo de leão. *Ahura-Mazda* (Deus) e *Angra-Mainyu* (Diabo). "Quando se compara a simbologia própria da águia com a do leão, pode-se dizer que o Grifo liga o poder terrestre do leão à energia celeste da águia. Inscreve-se, desse modo, na simbólica geral das forças da salvação." Poderíamos dizer: cabeça de escritor em corpo de atleta? Chevalier e Gheerbrant nos ensinam ainda que, na tradição cristã, tem um sentido desfavorável... "Sua natureza híbrida lhe tira a franqueza e a nobreza de um e de outro (águia e leão) [...] Representa, de preferência, a força cruel. Na simbologia cristã é a imagem do demônio, a tal ponto que, para os escritores sacros, a expressão 'hestisequi' é sinônimo de Satanás."

E depois da conversa com Mundinho as coisas ficaram ainda mais confusas. Porque a moeda quase perdeu seu atributo místico. Pensei que, se ela veio por seu intermédio, simplesmente para me inspirar, não fazia sentido ela ter despertado tal percepção em mim. Por outro lado, Mundinho pode muito bem ter sido apenas o agente dessa manifestação. O intermediário da tal dívida que se pagava. Em nenhum momento de nossa conversa questionei onde ele havia arrumado a moeda. Da mesma forma, nunca perguntei a Oliver se ele sofria essa interferência. Estou certo que não. E depois pude ler em suas notas que realmente ele não percebia. Ele sentia algo, uma presença, mas era uma sensação muito abstrata.

Por fim, Oliver foi diagnosticado com síndrome de Tourette. Foi assim que os médicos compreenderam a causa das vocalizações. Oliver foi medicado. Haloperidol, fenotiazina e benzodiazepínicos.

Os médicos disseram que quem sofre da síndrome, ao tentar controlar o tique, não consegue se concentrar em mais nada. Provavelmente, se eu tivesse ido ao médico, receberia o mesmo diagnóstico. O Mundinho sempre brinca dizendo que não perde tempo fazendo checkup, vai direto para a autópsia. O que Oliver não sabe é que não foi a medicação que o fez melhorar. A sua melhora se deve à minha percepção. Pois, quando passei a ter sua consciência, percebi o que de fato acontecia. Quando deixei de brincar no Google Tradutor e, aos poucos, tudo o que eu um dia havia digitado se esgotou, Oliver melhorou.

E, embora todos tenham se afastado durante sua crise, alguém se lembrou de Oliver. Alguém lhe deu a mão. Gilda.

Gilda lecionou um tempo no Lycée Louis-le-Grand, e foi lá que se conheceram. Ela é professora de geografia e sempre foi apaixonada por Oliver. É claro que guardava isso em segredo, afinal Oliver era casado.

Gilda é uma quarentona problemática que vive com a mãe. Apesar de ser bonita, ela sempre fez de tudo para destruir sua imagem. Gilda, como Oliver, não tem autoestima. Gilda tem uma mania, ou sei lá como chamar isso, que também poderia ser diagnosticada como Tourette. Às vezes, a pedido dos outros, ela faz demonstrações desse distúrbio, que todos tratam como sendo um superpoder. É só alguém desafiá-la perguntando a capital de algum lugar do mundo, país ou cidade, que ela entra numa espécie de transe. Vira os olhos e desembesta a falar nomes de capitais e a citar cidades irmãs, seja lá o que isso signifique.

Gilda, Gilda, capital do Nepal?...

Katmandu. Cidades irmãs: Dortmund, Alemanha; Edimburgo, Reino Unido; Isfahan, Irã; Joanesburgo, África do Sul; Lahore, Paquistão; Matsumoto e Kyoto, Japão; Minsk, Bielorrússia; Pau, França; Pyongyang, Coreia do Norte; Quebec, Canadá; Rochester e Eugene, Estados Unidos; Xian, China; Yangon, Mianmar.

Então metralhava capitais desordenadamente:

Jamaica, Kingston; Irã, Teerã; Filipinas, Manila; Panamá, Cidade do Panamá; Paquistão, Islamabad; Bielorrússia, Minsk; Honduras, Tegucigalpa; Croácia, Zagreb; Indonésia, Jacarta; Síria, Damasco; República da Macedônia, Skopje; Iraque, Bagdá; Mongólia, Ulan Bator; Israel, Jerusalém; Jordânia, Amã; Laos, Vientiane; Malásia, Kuala Lumpur; Lituânia, Vilnius; Sri Lanka, Colombo; Tailândia, Bangcoc; Turquia, Ancara; Uzbequistão, Tashkent, e por aí afora.

Gilda só parava quando começavam a aplaudir. Só o aplauso a tirava do transe. E, ao saber que Oliver estava abandonado numa pensão, ela foi atrás.

Gilda?

Oliver. Como é que você está?

¡Este maldito pájaro! ¿Por qué no vive en el culo?

Calma, calma... Eu estou sabendo...

Como te deixaram entrar?

Tinha um senhor aí na frente.

Deve ser o seu Almeida, *y me gusta comer mierda frita.*

A pensão é um aglomerado que o português Almeida foi construindo num antigo terreno em que morou com os filhos. Ele ainda vive por lá. É ele quem atende à campainha. Os moradores carregam suas chaves e Almeida não gosta que recebamos visitas. Na frente da pensão, onde era a garagem, sua filha montou um café, Badalona. O café não vingou. Só como curiosidade: certa vez, quando eu tomava um café com Samantha, uma namorada, no Badalona, entrou dona Cândida. Minha antiga professora de português. Dona Cândida me tratava como a um verme e nessa ocasião eu acabara de ganhar o prêmio de terceiro lugar no Portugal Telecom. Eu não, vocês sabem quem. Então eu disse a essa minha namorada que dava vontade de chegar e dizer: Olha, dona Cândida, você sempre me desprezou e ridicularizava as minhas redações, e hoje eu ganhei um dos prêmios mais importantes da língua portuguesa. Então Samantha falou: É melhor você não falar nada. Ela vai dizer: Terceiro lugar... Eu sabia...

Gilda entrou no quarto e se horrorizou com o mau cheiro. Com as dimensões do cômodo e com a bagunça. Oliver empurrou uma pilha de livros e papéis que estavam sobre a cama para fazer lugar para Gilda. Ele ia dizer a ela que sentasse, mas em vez disso falou: *Hay un maldito monstruo e yo quiero que me raja xibiuzinho.*

Gilda precisou se controlar muito para não começar a arrumar toda aquela bagunça. Ela estava um pouco sem graça, porque nunca foram íntimos. Nunca estivera na casa de Oliver antes. E lá estava ela, em seu quarto. E Gilda era cheia de fantasias com ele. Não fosse o estado em que Oliver se encontrava, seria difícil para ela refrear todo o seu desejo.

A falta de assunto começou a pesar e, sem conseguir se conter, Gilda falou:

E essas roupas, aqui no chão, são para lavar?

Tengo un coño apretado y mi culo es lindo como el nido de un gorrión. Sinceramente, não sei por que digitei isso um dia.

Posso levar pra lavar?

Soca, puso esta salchicha con fuerza.

Oliver não permitiu e Gilda acabou indo embora, sem graça e muito perturbada com a condição de seu secreto amado.

Gilda deixou aquele lugar determinada a ajudar o amigo. Pensou em convencer a mãe a hospedá-lo. Olga, sua mãe, é uma mulher difícil, mas Gilda acreditava que ela podia gostar de ter uma presença masculina em casa. Além do mais, elas têm um quarto sobrando. Duro seria Olga entender a doença dele. Mesmo assim, ao chegar, ela falou com a velha.

Rex! Olha o que você fez, seu porco! Olga brigava com o vira-lata. Rex tem onze anos, é gordo e suas patas são muito curtas e as costas retas. Rex parece uma mesinha de centro.

Você demorou. Eu deixei o seu prato no micro-ondas.

Obrigada, eu já vou comer.

O Rex comeu um pacote de biscoito e agora tá cagando mole. Amanhã cedinho vou ter que lavar a área.

Ai, mãe, se eu não tivesse aula cedo, eu lavava pra senhora. Deixa pra quarta, que a Diva lava.

Você viu como tá? Eu passei um pano, mas não adianta. Não senta aí, Rex! Vai sujar todo o tapete!

Rex sai de mansinho.

Mãe, a senhora se lembra do Oliver?

Oliver?

É. É um professor lá do Lycée.

É um compridão?

Não, aquele é o Álvaro. A senhora conheceu ele lá numa festa junina. A senhora ficou um tempão conversando com ele.

Ah, um gordinho?

Não, mãe, o Oliver não é gordo.

E daí? Que que tem ele?

Ai, mãe, ele está passando uma fase tão difícil.

Que que foi?

Nossa! A vida dele desandou… Ele está com um problema, a senhora sabe o que é Tourette?

Toléte?

É, é uma doença terrível. A pessoa fala umas coisas sem sentido…

Tá xarope, ele?

É. É tão difícil. E a mulher largou ele por causa desse problema. E ele foi mandado embora do Lycée.

Coitado. E não tem cura?

Tem. Ele está se tratando. E ele é um moço tão incrível, mas não teve sorte na vida.

É ele que dá aula de educação física?

Isso. Ele mesmo.

E você diz que não é gordo?

Ah, ele está um pouquinho acima do peso.

Ele é bacana mesmo. Acho que eu conheci a mulher dele.

Não, não, ela não foi à festa.

Ah, por falar em festa, esse fim de semana eu vou pra Peruíbe. Você vai?

Não posso, mãe. Tenho um monte de prova pra corrigir.

Corrige lá. Eu tenho que levar o dinheiro do seu Nezinho e a casa tá fechada há muito tempo. E deu no jornal que esse fim de semana vai fazer um calorão. O duro é viajar com o Rex desse jeito.

Então, mãe, eu preciso ajudar o Oliver.

Ajudar como?

Ah, eu vou ver se consigo umas aulas pra ele lá no FASES e...

Ele tá desempregado?

Tá. Não falei que mandaram ele embora?

E a mulher largou ele? Isso tá com cara de bebida.

Não, mãe, imagina. Ele é todo certinho.

Não sei, não. Pra mulher largar dele e mandarem ele embora, boa coisa ele num deve ter feito.

É por causa do problema. As pessoas não entendem.

Mas é o quê? É como Alzheimer?

Não, não.

Ele fica confuso, fala coisas estranhas... Isso é Alzheimer. Sabe que a dona Lourdes aí do 51 tá com Alzheimer?

Não. É Tourette, não é Alzheimer, não.

E esse Toléte, o que é? Ele fica agressivo?

Não, às vezes ele fala umas coisas inconvenientes. Umas coisas sem sentido.

Isso é Alzheimer.

Não é, mãe. Ele fala umas palavras em espanhol. E dá tanta dó ver ele assim. E ele tá numa pensãozinha... e eu estava pensando... eu preciso ajudar ele.

Já falou. Não disse que vai ver uma vaga pra ele na escola?

Eu sei. Mas eu queria fazer mais. Eu queria trazer ele pra morar aqui com a gente.

Tá biruta? Tá louca? Trazer um homem pra dentro de casa? O que você quer que os outros falem? Cê parece que bebe! Cada uma... e ainda por cima um cara doente?!

Poxa vida, mãe. A gente tem um quarto sobrando e ele está precisando de ajuda, que mal tem?

Você tem cada uma!

Ele está doente, mãe. É isso que os vizinhos vão falar. Que a senhora está amparando uma pessoa que necessita de ajuda.

Ara, faça-me o favor!

Contudo, quando foi se deitar, Olga começou a remoer o assunto. Porque apesar de ser durona, à noite, quando se deita e se põe a rezar, Olga sente um pavor. Mesmo sendo muito católica, quando inicia as preces Olga vislumbra um vazio devastador. Olga sente o peso da não existência. A eternidade da morte. E o seu Deus, mesmo que às vezes ela duvide da existência dele, o que só aumenta o terror, não é um cara compreensivo. Ele pode castigá-la. Pode castigá-la por duvidar e pode puni-la por não ser uma verdadeira cristã. Se não tomasse quatro miligramas de Lorax depois do jantar, Olga jamais dormiria. E aos poucos o Lorax abranda seu Deus e a embala. E tudo parece fazer sentido. Toda a existência. E Olga perdoa tudo e todos.

Na manhã seguinte, mesmo um pouco emburrada, é ela quem retoma o assunto. Diz que talvez pudesse dar uma chance ao moço.

E os olhos de Gilda se enchem de lágrimas.

Por fim, Gilda consegue a vaga no FASES. E uma boa morada para Oliver. A cabeça dela se enche de fantasias. Imagina o amor oculto vivendo em sua própria casa. O difícil agora será convencê-lo.

8
Um silvo longo

Gilda passou a visitar Oliver com frequência e, aos poucos, foi convencendo-o de que não seria má ideia ele aceitar o convite de ir morar com elas. Por sorte o colégio FASES estava querendo abrir uma escolinha de futebol. E Hudson, o professor de educação física, digamos, titular, estava louco para tocar o negócio. Por essa razão, quando Gilda procurou Salim, o diretor, para falar sobre Oliver, ele adorou a ideia. Hudson também. Como só havia uma quadra esportiva no colégio, Salim alugou uma quadra de futebol *society*, na mesma rua, para abrir a Escolinha de Futebol FASES.

Deixem-me falar um pouco sobre o conceito de "Uma Ocasião Exterior", assim aproveito para rebater algumas críticas que o livro sofreu. Porque, embora ele tenha passado quase despercebido, afinal é obra de autor "desconhecido", uma crítica que saiu num desses jornaizinhos literários acusa "Uma Ocasião Exterior" da seguinte forma: "Texto de gênero inferior (ficção científica), extremamente mal escrito e preguiçoso". Quero contextualizar isso que chamaram de "preguiça". Em primeiro lugar, eu precisava fugir de meu estilo para não me acusarem de ser um mero seguidor de Mutarelli. Depois, eu tinha ido assistir a uma peça com Samantha. Eu não gosto de teatro, acho muito chato e cansativo, mas ela adora e insistiu para que eu fosse ver a peça. Samantha jurou que dessa eu gostaria, dada a profundidade do enredo. Pois bem, eu fui. De cara, fiquei passado. O cenário era um pano preto de fundo e dois pufes retangulares. E os caras queriam que eu engolisse que estavam numa sala em estilo vitoriano. Porra! Dois pufes! Então, eu é que teria todo o trabalho de imaginar os objetos e criar, mentalmente, aquele ambiente!? E não gostei da peça. Os atores eram medíocres, o texto pretensioso e a direção e a dramaturgia, assinadas pelo autor-diretor, simplórias. Mas essa "preguiça" me inspirou.

Em *Nada me faltará* eu experimentei recriar o conceito do minimalismo musical para compor a narrativa. E em "Uma Ocasião Exterior" me inspirei nesse tipo de teatro que fui assistir. Pensei, ironicamente, em fazer um livro cuja ambientação, quase toda, o leitor teria que construir, como na tal peça. Por isso, o livro começa assim: "Imagine uma base espacial cheia de fios, tubos e luzinhas piscando"...

Seguindo essa linha de raciocínio e voltando a Oliver e Gilda, aqui entraria um desses clipes tão recorrentes nas comédias românticas. Uma música de fundo, provavelmente cantada em francês, e vários recortes de cenas mostrando a passagem do tempo e ilustrando o processo de construção da cumplicidade e da integração do casal.

Assim, se isto fosse um filme, e mesmo não sendo, aqui entraria uma sequência de imagens sem diálogos. Apenas a música de fundo.

Gilda arrumando o quarto de pensão, dobrando as roupas, trazendo um vaso de flores, varrendo o chão... E ela faz isso tudo sempre sorrindo, enquanto Oliver, de pé, olha para o nada. Oliver e Gilda tomando água de coco no Parque Ibirapuera. Os dois na fila do cinema de um shopping. Às vezes, Oliver vociferando sem que possamos ouvir o que diz. Ouvimos apenas a música francesa. Gilda se aproximando e cobrindo delicadamente os lábios de Oliver com a ponta dos dedos para acalmar e silenciar o Tourette. Gilda ajeitando a gola da camisa de Oliver. Os dois caminhando na avenida Paulista, os dois folheando livros na Cultura. Gilda entregando um presente numa pequena caixa abraçada por um laço. Oliver abrindo a caixa e tirando dali um bonito apito metálico.

E dessa forma, em clipe, Gilda o convence a se mudar para o apartamento de Olga. Gilda se torna uma espécie de intérprete de Oliver. Quando sente que ele começa a gaguejar, indício de que virá uma crise, ela se antecipa e diz o que acredita que ele diria. Então, Oliver se cala e engole a vociferação.

E assim, aos poucos, conforme os remédios vão fazendo sua parte, e eu a minha, Oliver vai se recuperando.

Instruído por Gilda, Oliver gasta suas frases no banho. Como quem canta.

Podemos ver Oliver, em clipe, em vários cortes no banho, dizendo frases como:

Mi culo es del tamaño de un cenicero y mi coño es del tamaño de una cesta de picnic.

La boca torcida envuelve mi polla curvada hacia la izquierda.

E por aí afora.

Então, cinco dias antes de começar a trabalhar no colégio FASES, Oliver chega à casa das mulheres.

Olga, apreensiva, está na sala. A seu lado, Rex, a mesinha de centro. É Gilda quem carrega a mala maior.

Mãe, esse é o Oliver.

Como vai?

¿Cómo estás?

Entra, Oliver, fique à vontade. Olga tenta parecer natural.

Me ajuda, mãe…

Olga ajuda com a bagagem, e Gilda sussurra para ela: Não puxa muita conversa. Quanto menos ele falar, melhor para o tratamento…

Olga fica olhando para Oliver com um meio sorriso e balançando a cabeça enquanto engole uma tonelada de perguntas.

Aqui entra um novo clipe, dessa vez sem música. Clipe silencioso.

Vemos os três à mesa. Gilda servindo macarronada. Oliver agradece piscando várias vezes. Naturalmente foi Gilda quem lhe ensinou a se comunicar dessa forma. Oliver sobre uma cadeira trocando uma lâmpada, ao mesmo tempo que

Olga segura o encosto com olhar agradecido. Oliver lavando a louça. Oliver levando Rex passear. Gilda lavando a louça e Oliver secando. Oliver e Olga no supermercado. Oliver recolhendo o cocô de Rex numa sacolinha, como ele fazia no quarto de pensão. Oliver e Gilda lavando a cozinha e a área de serviço. Oliver e Olga na feira etc.

Gilda instrui Oliver a, nas aulas, usar o apito que lhe deu de presente. Assim ele quase não precisará falar. Ele deve apenas dizer: Hoje voleibol, e então entregar a bola a um dos garotos, o capitão do time, e daí em diante só falar através do apito. Evitando problemas. Na sala dos professores, Gilda estará sempre atenta e agirá como sua interlocutora.

E Oliver segue gastando suas, minhas, frases na hora do banho.

Entram mais cenas de banho.

Su coño se parece a un Murciélago, ya que tiene los labios gigantes, abiertos y oscuro.

Ven a comer mi cagadero, querida, pero comelo duro.

No último fim de semana, antes de Oliver voltar a dar aulas, eles descem para Peruíbe. Oliver dirige o carro de Gilda. Gilda ocupa o banco do passageiro e Olga vai atrás com Rex.

Clipe praiano, Oliver e Gilda tomando água de coco. Os três na feirinha de artesanato, os três tomando sol na esteira, comendo camarão frito num quiosque da praia. Os três almoçando num restaurante, tomando sorvete no quilo, Gilda e Oliver pegando jacaré, Gilda e Oliver no carrinho bate-bate do parquinho.

E, então, chega a segunda-feira. Gilda entra com Oliver no colégio FASES. Vemos na sala dos professores Roberto, professor de matemática, Plínio, filosofia, Eva, biologia, Evandro, inglês, Ricardo, física, e Marina, português.

Ah, Marina, Marina, Marina…

Marina, a personificação do desejo. A professora de português que fala com sotaque da Mooca. Lembrando um antigo personagem de novela, não me recordo qual, sei que se chamava Tancinha. O que torna Marina ainda mais desejável é que ela parece não se dar conta do quanto é gostosa. Parece que Marina não percebe a desproporção de seus órgãos sexuais. *Estas tetas gigantes y suculento culo que me invita cabriolas mi polla y se llena de sangre*, eu teria digitado no Google. Marina também poderia curar o distúrbio de Oliver, porque, ao vê-la, ele se enche de silêncio. Oliver precisa se esforçar muito para parar de olhar para ela. E sua cabeça se ocupava de tantos pensamentos obscenos que chegava a cortar nossa ligação. Mas Oliver não tinha autoestima e acreditava que nunca teria chance com aquela Vênus de Willendorf.

Novo clipe, Gilda respondendo perguntas por Oliver na sala dos professores. Ao contrário de mim, Gilda punha palavras bonitas na boca de Oliver.

Sim, nós trabalhamos juntos no Lycée Louis-le-Grand.

Ele é divorciado.

Sim, ele tem um filho.

Vinte e cinco anos, Bruno.

Oliver olhando petrificado para Marina. Oliver apitando na quadra para uma turma de adolescentes. Gilda servindo café para Oliver na sala dos professores. Marina corrigindo provas enquanto a câmera mergulha em seu decote. Oliver apitando para crianças. Oliver, sozinho, parado no meio da quadra com uma bola nas mãos, enquanto as luzes da quadra se apagam. Marina se agachando para pegar um panfleto no chão. A bunda de Marina subindo, subindo… Marina olhando para Oliver com curiosidade. Oliver apitando enquanto jovens jogam polo na piscina. Oliver olhando petrificado para Marina. Oliver de pé, com o apito na boca, enquanto os alunos fazem aquecimento em volta da quadra. Gilda respondendo por Oliver, sempre.

Ele desenha que é uma beleza. E escreve. Vocês precisam ver os mangás que ele faz.

Eu quero ver, Marina diz, enquanto o tempo congela.

Viu, Oliver? A Marina quer ver os seus mangás.

Quando Oliver vai responder, Gilda se antecipa e diz: Ele vai trazer. Ele vai trazer.

Eu acho mangá incrível. Eu trabalho em sala de aula com histórias em quadrinhos. A meninada adora.

Por supuesto.

Eu acho que os quadrinhos são uma porta para a literatura. Ah, e as historinhas que ele faz são incríveis. Tão inteligentes, arremata Gilda.

Sobre o que você escreve, Oliver?, questiona Marina.

Cosas de la vida, responde Oliver.

Eu acho tão charmoso quando ele solta essas frases em espanhol, Marina diz, e Gilda cerra um pouco os olhos, sentindo certa ameaça.

Clipe sensual. Marina em poses casuais, mas sempre provocante. Esse clipe é intercalado com closes de Oliver soltando palavras em espanhol.

Hermosa… Caliente… Ô cosa tan rica del papá…

9

XXX

Aos poucos Oliver começa a ganhar a atenção de Marina. Embora ele pense que o interesse é meramente didático, já que Marina alegou usar os quadrinhos de forma pedagógica. E isso passa a interferir na autoestima de Oliver.

Novo clipe, Oliver se barbeando, Oliver enfiando a camisa pra dentro da calça de moletom, Oliver se olhando no espelho, Oliver encolhendo a barriga, Oliver sozinho, em seu novo quarto, lendo. Gilda dirigindo para a escola com Oliver no banco do passageiro. Oliver na cama olhando para o teto com olhar apaixonado. Oliver levando o carro e Gilda ao lado sorrindo, Oliver pegando *XXX* nas mãos e sem coragem deixando sobre um móvel do quarto. Oliver e Olga no mercado.

Então, Oliver apanha *XXX* e põe na mochila.

Oliver aguarda o momento em que Marina esteja sozinha na sala dos professores. Isso é mostrado em novo clipe. Oliver entrando várias vezes na sala dos professores, até que chega o momento esperado.

Então Oliver se aproxima de Marina.

Eu trouxe pra você dar uma olhada.

Ah! Que legal. *Brigada*.

Marina pega o fanzine sem demonstrar muito interesse. Folheia rapidamente. Ela não se impressiona com os desenhos: Vou ler. Vou ler, depois te falo.

Oliver deixa a sala, sem graça.

Aqui, deveria entrar o Livro II. O encarte fac-similado de *XXX*. Seria o momento oportuno, porque vocês teriam a sensação de Marina ao descobrir esse trabalho emblemático. Mas, antes, eu gostaria de chamar a atenção para alguns detalhes. Na verdade, para uma série de detalhes. A primeira coisa é o fato, já mencionado, de que, mesmo Oliver não tendo a consciência de minha existência, ou melhor, de minha coexistência, sua HQ trata sobre o duplo.

Que dizer destas frases: "Eles ficavam falando umas coisas

que eu tinha escrito", "Será que você não percebe como essas tuas ilusões me aprisionam?", "E se aquele fosse eu, haveria tanta coerência?"?

Outro fato curioso é o de Oliver partir de filmes pornôs para gerar cenas quase familiares. É importante lembrar que Oliver estava sozinho na pensão. Todos haviam se afastado dele. E, mesmo antes de nossa linha ter se cruzado, o casamento já não ia bem. Acredito, não tenho certeza, não tenho a plena consciência de Oliver, tive flashes, vislumbres. Mas acredito que Oliver baixava os filmes para se masturbar. Só que em dado momento, nas "historinhas", ele começou a sentir mais necessidade de estar irmanado socialmente que de se satisfazer sexualmente.

E de repente surge Gilda. E ela se empenha realmente em cuidar de Oliver. Em tirá-lo do exílio, em devolvê-lo à sociedade. E, mais que isso, em curá-lo. E ela consegue. E tudo acontece rapidamente, porque a vida é assim. Quanto mais nos ocupamos, mais "clipes" vivemos. Às vezes o tempo acelera e a rotina é pontuada por pequenos incidentes que só podem ser percebidos quando somados. Como as luvas amarelas da história de Oliver.

Da mesma forma que tive que me esforçar para não me perder na consciência de Oliver, parece que ele tinha que lutar para não perder sua identidade. Podemos ler isso em *XXX* na cena em que o professor está no metrô conversando com umas garotas:

Eu me sinto tão cansado.
Do quê, professor? Tem trabalhado muito?
Não. Estou cansado de permanecer. Cansado do trabalho que dá permanecer.

Outro detalhe em *XXX* que gostaria de destacar é justamente em relação ao tempo.

Então, antes de encartar *XXX*, acho importante mostrar a reação de Gilda ao sentir Marina ganhando terreno no mundo que ela reconstruiu para Oliver.

Para entendermos *XXX*, e o processo de Oliver, vale reproduzir o que escrevi na abertura do álbum *Sequelas*, baseado na relação de Paulo com o ato de desenhar. Apenas para lembrar: Oliver começou a desenhar quando sofreu o acidente que o impossibilitou de seguir nos desportos, e produziu sua HQ quando a tal Tourette destruiu sua vida.

Alguém me disse que antigamente o nanquim era extraído do polvo.

Me parece que o polvo desprendia sua tinta quando se sentia ameaçado.

Creio que, quando desenho, eu devolva ao nanquim sua função primitiva.

Eu sou como o polvo.

E Gilda também começou a sentir-se ameaçada. Mas Gilda não é um polvo.

Gilda sabia que precisava tomar uma atitude. E, embora seja uma pessoa generosa, ela não teve todo esse trabalho em recuperar Oliver para entregá-lo a outra. Por essa razão, decidi adiar o encarte de *XXX* até chegarmos à reação de Gilda diante da ameaça.

Enquanto Oliver, na quadra, se manifesta por silvos longos e breves, Gilda entra na sala dos professores.

Marina corrige redações. *XXX* está a seu lado. Na outra mesa, o professor Roberto corrige umas provas cheias de números. Plínio filosofa enquanto bebe café, e Evandro lê um livro em inglês.

Aqui, para cada frase dita, temos um corte para Oliver apitando sua aula.

Ah! Ele trouxe *XXX*?

Um silvo breve.

Trouxe.

Dois silvos breves.

E aí, o que você achou?

Um silvo longo e um breve.

Eu ainda não li.

Silvo longo.

Mas viu que incríveis os desenhos?

Silvo breve.

É diferente, né?, Marina diz, sem muito entusiasmo. Está concentrada nas redações.

Um silvo longo e três breves.

Gilda e Oliver no estacionamento do FASES. Oliver parece muito distante e Gilda, apreensiva. Eles deixam o colégio. Gilda dirige. O trânsito é intenso. Gilda procura quebrar o silêncio.

Como foi o seu dia?

Yo quería que me muestrase tu pene mientras yo balangaba mis tetas para volverte loco. Después jodiese mi boca.

Sei...

Golpea tu polla en mi cara. Y te chupe hacia arriba me llenas de leche. Quiero llevar una esporrada en la cara. En mi cara de perra. ¡Soy tu puta maldita!

Gilda, sem conseguir se conter, bufa.

Entram na garagem. Oliver desce do carro e fica olhando para algo que não está lá. Gilda apanha um monte de provas no porta-malas. Oliver continua distante.

Será que você pode me ajudar?

Oliver acorda e ajuda. No elevador, permanecem calados. Gilda abre a porta. Olga grita da cozinha: Estou fritando sardinha!

O prato preferido de Oliver. Ele entra na cozinha.
Eu preciso primeiro de um banho. Gilda se recolhe.
E foi tudo bem lá na escola?, Olga pergunta.
Oliver pisca várias vezes.

Então, já estão novamente chegando à escola. Gilda dirige.
Três silvos longos.

10

Um silvo longo e um breve

Oliver está sentado na sala dos professores. Aula vaga. Toca o sinal, intervalo. Os professores invadem a cena. Todos falam alto. Riem. Marina se aproxima de Oliver e beija seu rosto. Enquanto ela se abaixa para beijá-lo, Oliver mergulha em seu decote, em câmera lenta. Gilda os fuzila com o olhar.

Já comecei a ler *XXX*.

Tá gostando?, Gilda intercepta.

Ainda não peguei bem a história, mas ainda estou no comecinho.

É... Não é uma historinha fácil..., Gilda fala de forma provocativa.

E você gosta de ler, Oliver? Digo, literatura?

Ele lê muito, Gilda ia respondendo, quando Oliver levanta a mão em sua direção pedindo a palavra.

Eu amo os livros.

Ah, é? Marina insinuante.

Ele está sempre lendo. Gilda incomodada.

E quais são seus autores preferidos?

Poxa. São muitos..., Oliver responde de forma segura. Machado, Valêncio Xavier, Kafka, Vonnegut...

Eu recentemente li um livro tão incrível.

¿Qué será será?

Gilda, irritada, se levanta.

Bom, eu preciso ir mais cedo. A 2ª B vai ter prova. Ela vai até a porta, mas não sai. Finge que procura algo nos diários.

É um livro de um autor iniciante. Mas é incrível.

Muchas veces o primeiro livro de um autor é o melhor.

É verdade. Chama "Uma Ocasião Exterior".

Lo sé, lo sé. Es mi amigo.

Quê?

Mauro Tule. É meu amigo. Eu *lo conozco*.

Cê tá brincando.

Lo juro.

Gilda continua parada na porta da sala, olhando. Não conseguindo se conter, ela entra na conversa.

Calma, Oliver. Marina, lembra do que eu falei sobre o problema dele? Não deixa ele muito agitado, senão... ele começa...

Eu conheço ele. Oliver impaciente.

Nossa!

Eu conheço ele.

Putzgrila! Sério mesmo?

Sério.

Eu não tô acreditando.

Juro.

Nossa! Sabe o que seria demais?

O quê?

Ah, deixa pra lá.

Fala.

Será que ele não toparia vir dar uma palestra aqui na minha aula? Pode ser legal pros garotos... um escritor na sala de aula.

Vou falar com ele.

Será que ele topa?

Toca o sinal e todos voltam para suas classes.

Na volta para casa, Gilda conversa com Oliver enquanto dirige.

Essa Marina...

Oliver não entra na conversa.

É uma pena, não é mesmo?

Oliver continua calado.

Uma moça tão bonita, e olha que ela não é burra... mas é tão vulgar...

Polilla, Satanás, voy a recordar que cuando se juzga a los vivos ya muertos...

Ela já rodou na mão de todos os professores do FASES...

Embora Gilda tenha dito isso para desestimular Oliver, naturalmente o efeito foi o contrário. Afinal, Oliver não queria se casar com Marina. Queria apenas trepar com ela. Nem que fosse só uma vez em toda a sua vida. Ele só queria poder desvendar aquela mulher-monumento e fodê-la feito um cachorro.

Oliver viene, viene joder su Marinhinha... He estado esperando de cuatro. Empuja la polla en mi cueva... Folla su Marina, folla...

Durante todo esse tempo em que sua vida desandou, a libido de Oliver esteve adormecida. Agora, Marina a despertou com toda a fúria.

No fim, nem sei se você devia ter mostrado seu mangá pra ela. Acho que ela não vai entender, diz Gilda. A mesma Gilda que havia recomendado que ele entregasse o quadrinho a Marina.

Eles chegam em casa. O clima é pesado. Olga está na sala.

O Rex não está bem, diz Olga.

Eu preciso de um banho. Gilda passa direto.

Oliver se abaixa e faz carinho em Rex.

Rex se joga no chão de barriga pra cima.

Olha como o saco dele tá murcho.

Atônito, Oliver dá um close no saco de Rex.

Gilda volta. Entra na cozinha e grita: Cadê o sal grosso, mãe?

Ih! Acho que acabou.

Gilda volta ao banheiro.

Semana que vem é o feriadão. Vamos pra Peruíbe, hein? Eu precisava pintar a casa.

Eles jantam enquanto assistem o telejornal. Depois a novela. Começa um filme ruim. Olga anuncia que vai se deitar. Oliver e Gilda ficam.

Você está chateada comigo?

Imagina. Eu deveria estar?

No lo sé, digo, não sei.

Gilda dá um triste sorriso.

Você está melhorando.

Me sinto melhor.

Que bom.

Obrigado.

Tá agradecendo por quê?

Por tudo.

Pra isso servem os amigos, não é?

Oliver olha fixamente para Gilda. Ela finge não perceber. Olha para o filme, meio sorrindo. Então sussurra: Por que tá me olhando? Oliver faz não com a cabeça.

Não? Não o quê?

Oliver sorri, fazendo não. Gilda sorri, envaidecida. Então, Gilda faz não com a cabeça. Sorrindo.

Para de me olhar assim... Eu fico sem graça.

Oliver estica o braço e toca a mão de Gilda.

O rosto de Gilda se enche de sangue. Ela entreabre a boca, excitada.

Obrigado.

Para com isso, vai. Vamos dormir, que amanhã a gente levanta cedo.

Eu vou terminar de ver *la película*.

Então, boa noite. Gilda se levanta. Não consegue guardar o sorriso. Ela se abaixa e beija Oliver. Quase na boca. Oliver segura sua mão quando ela tenta se erguer.

Para, vai.

Oliver solta sua mão.

Gilda vai para o quarto.

Oliver põe a almofada no colo.

11

Perdendo sinal

Eles saem. Estão atrasados. Gilda disse que dormiu feito um bebê. Nem ouviu o despertador. Apesar do atraso e do trânsito intenso, o sorriso continua em Gilda. Clipe. Silvos longos e breves. Gilda escrevendo na lousa. Marina agachando-se para pegar um papel na sala dos professores. Oliver largando o apito pendurado por um cordão em volta do pescoço e falando. Francisco, já pedi pra parar com isso. Estacionamento, noite. Ainda bem que hoje é sexta-feira. Isso é bom mesmo. Quer dirigir, ou eu dirijo? Você se importa de dirigir? Não. Claro que não. Aquele Chico do 3º B me deu muito trabalho. Hormônios... Não é fácil. O trânsito é intenso. Estão a poucas quadras da escola. Gilda chama a atenção de Oliver. Olha que coisa triste. O quê? Aquela prostituta, grávida. Oliver avista a mulher. Ela usa um decote indecente e microssaia. A seu lado estão mais duas putas. A grávida manda um beijo para Oliver. Oliver baixa a cabeça. Que você acha da gente jantar por aqui? Por mim, tudo bem. Assim a gente espera o trânsito baixar um pouco. Legal. Vou ligar pra minha mãe e falar que ela não precisa esperar a gente. Nossa, eu tô louca pra tomar uma cerveja.

Gilda estaciona. Eles entram num barzinho. Às vezes, Oliver olha por sobre os ombros de Gilda para a puta grávida.

Eles pedem provolone à milanesa e cerveja. Gilda olha de forma insinuante para Oliver. Eles riem e conversam.

Você conhece mesmo o escritor que a Marina tava falando?

Conheço. Encontrei com ele algumas vezes.

E como é um escritor? Quer dizer, eu nunca conheci um escritor.

Como é um escritor? Ele parece uma pessoa normal...

Ele é legal?

É. É gente boa.

Eles pedem outra cerveja.

A Marina ficou toda interessada...

É que ele fez um livro bacana mesmo.

É? Sobre o que é o livro?

É sobre um cara que está sozinho numa base espacial. E ele pede ajuda dizendo que tem um problema lá na base. Então chega um cara pra resolver o problema. Mas não tinha nada errado, sabe? Ele só queria companhia. Queria alguém pra beber com ele.

Parece bacana.

É legal.

As garrafas vão ocupando a mesa. A puta grávida entra num carro. Eles pedem a conta. Gilda puxa a comanda. Oliver puxa de volta.

Essa é minha.

Que bobagem, deixa eu pagar. Fui eu que convidei.

De jeito nenhum.

Eles deixam o bar sorrindo em silêncio. O trânsito baixou.

Tomara que a gente não pegue nenhum comando, Gilda fala.

Enquanto Gilda dirige, Oliver olha pra ela.

Por que tá me olhando?

Porque é bom.

Ah, é?

É.

Eles chegam ao prédio. Entram no apartamento. Rex faz festa. Olga já está dormindo.

Quer um café?

Pode ser.

Gilda põe a água pra ferver. Rex deita aos pés de Oliver. Oliver faz carinho nele. O relógio marca vinte pra meia-noite. Alguém grita algo na rua. Gilda serve o café.

Espero que não me tire o sono, Oliver fala. Eu sempre me lembro de um episódio do *Chaves* em que o Seu Madruga diz que quando toma café não consegue dormir. Então o Chaves diz que com ele é o contrário, quando está dormindo não consegue tomar café.

Gilda ri. Depois diz que vai tomar banho. Oliver continua na cozinha acariciando Rex. Então Oliver vai para a sala e liga a TV. Tira o som. Senta no sofá. Zapeia. Para num filme mudo. Buster Keaton. Gilda volta e diz:

Às vezes eu sinto falta de um cigarro.

Você fumava?

Fumava. Mas parei já faz sete anos. Você nunca fumou?

Não. Eu tentei quando era novo, achei horrível.

Gilda senta. Eles assistem o filme mudo na TV sem som. Então Gilda olha pra ele.

A gente podia ter passeado mais, né?

Podia.

Então Oliver se aproxima e beija o pescoço de Gilda.

Para. Aqui não, Gilda sussurra.

Oliver avança e beija sua boca. Gilda se entrega.

Por que você tá fazendo isso?

Oliver responde com outro beijo.

Aqui não. Minha mãe pode acordar.

Vamos para o seu quarto.

Você está louco?

Completamente.

Oliver começa a avançar cada vez mais em sua investida.

Não. Aqui não, não consigo.

Então vamos pra algum lugar.

A gente devia ter feito isso antes… Não devíamos ter vindo pra casa.

Então vamos pra algum lugar.

Não. Se minha mãe ouvir a porta, ela vai ficar preocupada.

Ela não vai ouvir.

Oliver se levanta e puxa Gilda pelas mãos. Destranca a porta com cuidado. Rex os observa. Gilda pega a chave do carro, que está sobre a mesa. Eles saem. Se agarram no elevador. Entram no carro, mas não deixam a garagem. Transam na vaga.

Conforme Oliver readquire a autoestima e esgota as frases no banho, perco o sinal. Deixo de ser ele. Deixo de ser ele quando ia começar a me divertir. No dia seguinte eles saem novamente para jantar. Depois vão a um motel. No domingo passam o dia em casa assistindo filmes junto com Olga.

Olga percebe algo no ar. Rex lambe o próprio saco. Na segunda vão para o FASES. Quando terminam as aulas, Gilda procura Oliver na sala dos professores e, para sua surpresa, não o encontra.

Vocês viram o Oliver?

Ele já foi, diz Roberto, o professor de matemática.

Como assim, já foi?

Ué! Foi… indo…

Mas ele nem me falou nada. Não pode ser…

Gilda junta suas coisas. Vai para o estacionamento. Dentro do carro, resolve ligar no celular de Oliver.

Alô?

Cadê você?

Ah, eu tinha uma aula a menos. Estou aqui perto da pensão…

Aconteceu alguma coisa? Tá tudo bem?

Tá. Eu vim procurar um amigo pra pegar o telefone do Mauro. Ele tinha me dado um cartão mas eu perdi.

Mauro?

É. O escritor.

Ah... E pra que você quer o telefone dele? Gilda sabe a resposta.

Eu não fiquei de convidar ele pra dar uma palestra na aula da Marina?

Ah...

Oliver está no Bar do Marujo. Espera Mundinho. Disseram que ele saiu mas deve voltar logo. Na verdade, Mundinho está dando uma entrevista em meu nome. Oliver cansa de esperar. Volta pra casa. Olga assiste TV, Gilda corrige provas na cozinha. Não está com uma cara boa.

E aí?

Tudo bem? Ela fala sem olhar para ele.

Tudo. E você?

Tudo bem. Encontrou o escritor?

Não. Eu fui encontrar outro amigo. Fui pegar o contato do Mauro, mas meu amigo não apareceu por lá.

Você podia ter avisado que não ia voltar comigo.

Eu fui direto pra não ficar muito tarde.

Jantou?

Eu comi um salgado.

Seu prato tá no micro-ondas, Olga grita da sala.

Obrigado, Olga, estou sem fome. Vou tomar um banho.

12
Junto e misturado

Anoitece quando Oliver volta ao Bar do Marujo. Mundinho está no balcão, com um copo de uísque na mão, naturalmente. Conversa com o Feinho.

Me aproximo. Mundinho percebe, mas vê Oliver.

E aí, patrão, vamos fazer uma fezinha?

Eu preciso da sua ajuda.

Pode falar, do que tá precisando?, Mundinho diz, enquanto me leva para fora do bar.

Eu queria o contato do Mauro Tule...

O que você quer com ele?, Mundinho pergunta, desconfiado.

Quero fazer um convite.

Chora.

Como?

Que convite? Pode me falar que eu passo o recado.

É que eu queria também mostrar pra ele umas coisas que eu escrevo. Não sei se você se lembra, mas eu falei com ele e ele mostrou interesse em ver umas coisas que eu faço.

Pode crer. Parece que a ficha cai. Então, Oliver domina a cena.

Quer falar com ele? Vamos falar com ele. Mundinho pega o celular. Como é mesmo o teu nome?

Oliver Mulato.

Oliver Mulato, é isso, Mundinho finge lembrar.

Tá chamando.

Fala, Mundinho...

E aí, figura? Tudo certo?

Tudo bem, e você?

Tudo certo. Tô aqui com um parceiro que quer ter uma palavrinha com você.

Quem é?

Vou passar pra ele.

Mundinho estende o celular pra Oliver enquanto faz um gesto com a cabeça: Fala aí.

Alô.

Quem fala?

É o Oliver, Oliver Mulato. A gente se cruzou... Interrompo.

Claro. Como vai, Oliver?

Tudo bem, e você?

Tudo em ordem. Você quer combinar pra me mostrar o quadrinho?

Isso. Oliver se surpreende com minha memória.

Que tal nesse sábado?

Seria perfeito. Ah! Não dá. É o feriado, já tenho um compromisso...

Quando é bom pra você?

Que tal no outro?

No próximo sábado?

Isso.

Por mim, tudo bem.

É que eu também queria te fazer um convite.

Que seria?

Eu dou aula numa escola na Pompeia e tem uma professora de português que adora "Uma Ocasião Exterior".

Bacana.

A gente queria te convidar para dar uma palestra lá...

Palestra?

É... uma coisa informal...

Sei. Não costumo fazer isso, mas vamos ver.

É só um bate-papo com os alunos. Pra incentivar a leitura...

Vamos ver. Vou pensar no assunto.

Poxa, seria demais.

Pega o meu número aí com o Mundinho.

Então anota o meu.

O final do celular de Oliver é 67061. Me arrepio: 67061 é o código postal de Abdera. Depois de anotar o número, peço a Oliver que passe o telefone para o Mundinho.

Fala, figura.

Mundinho, eu sempre esqueço de perguntar. Onde você conseguiu a moeda?

Que diferença faz?

Ué, eu quero saber.

Pra quê?

Pra saber.

Num mercado de pulgas em Antuérpia.

Filho da puta. Europália. Mais uma das viagens que fez em meu lugar.

"Você não acha curioso eu ter conhecido Antuérpia?": um dos personagens pergunta isso em *XXX*. Fiquei agitado depois de falar com Oliver. Queria muito me encontrar com ele. Queria muito ler sua HQ. Queria sondar melhor o quanto ele sabe de mim. E principalmente o quanto ele sabe de nós. Estou ansioso por esse sábado que parece tão longe.

No dia seguinte Oliver dá a notícia a Marina. Ela fica radiante.

Você tá brincando...

É sério.

Então, você conhece mesmo ele?

Claro. Eu te falei. E olha que ele não costuma dar palestra. Mas disse que vai pensar com carinho.

Nossa! Vai ser incrível. Já pensou um escritor aqui? Ia ser demais.

Ele virá.

Gilda entra na sala dos professores no momento em que Marina, agradecida, se levanta e beija o rosto de Oliver.

Você é incrível!

Gilda tenta disfarçar a ira.

O clipe agora começa a se alternar. Marina servindo café pra Oliver, Oliver servindo café para as duas, Marina sorrindo e dando tchauzinho pra Oliver, Gilda olhando com ódio enquanto Oliver serve café só pra Marina. Marina conversando com Oliver na quadra. Marina conversando com Oliver nos corredores da escola. Oliver sentado ao lado de Marina na sala dos professores.

13

Somos muitos

Oliver dirige. Gilda no banco do passageiro. Olga e Rex atrás. Quando começo a perder a conexão, sou invadido pela tristeza. Não sei se essa tristeza é minha. Acordo e minha cabeça está leve. Muito leve. O pássaro parou de cantar. Sinto-me distante. Levanto e levo uma eternidade para deixar o quarto. Minha cabeça parece oca. Meu corpo parece vazio. Entro no banho enquanto eles rumam para Peruíbe. Me esforço para reaver o contato. Me sinto sozinho. Absurdamente sozinho. Oliver é um coitado. Sua vida é pequena, mas a minha é menor e mais miserável. Eu invento personagens semelhantes a ele. Invento cotidianos até que se esgotem narrativamente. Minhas histórias têm fôlego curto. Ligo o computador e volto pra cama. Dirijo. Olho pra Gilda. Prometo a Olga que pintarei a casa. Samantha me deixou há três meses porque diz que eu fujo de compromissos. Diz que eu não sei viver de verdade.

Observo Olga no retrovisor. Ninguém teve filhos. Nem eu nem meus irmãos. Dirijo enquanto minha família se extingue. Mormaço. Não suporto o calor. Rex choraminga. Olga diz que o cachorro não está legal. Rex é castrado. Um bibelô ambulante. Não serve pra nada. Servia para alegrar a casa quando era novo. Filhote. Agora tem o saco murcho. Triste estandarte.

Gilda pergunta sobre o tal escritor. Como ele é? Como eu sou? Sempre me irritou esse pensamento espírita de que todos temos uma missão. Me irrita esse pensamento de que cada vida tem um objetivo. Sentido. Pensamento mesquinho. Ninguém serve pra nada. Dirijo enquanto olho para o teto. "Havia em Marselha em 1906, ou 1907, um menino chamado Nanaqui."

George, em "Uma Ocasião Exterior", diz: "Eu poderia descrever a solidão de forma minimalista, vocês sabem o que é a solidão. Mas vocês não sabem o que é a solidão espacial". Sinto a solidão do espaço. Escrevi no *Astronauta*: "Estamos no espaço. A Terra está no espaço". George sozinho em sua base espacial cheia de tubos e luzinhas piscando. George só precisava de alguém para bater os canecos, como ele diz. Alguém para beber com ele.

Há 2424 anos foi cunhada em Abdera a moeda que Mundinho ostenta no dedo. Meu corpo se torna frio. Minha bailarina de Nimbos está cansada. Tudo acaba na praia. "Ele perguntou se eu queria o destino que ele inventou para mim", escreveu Oliver em *XXX*. "Não haverá respostas, mas acalmaremos suas dúvidas." Perco totalmente o sinal. Contra a minha vontade. Me esforço para me manter ligado a Oliver. Me abandono na expectativa de estar lá.

Sei que Oliver passou o feriado prolongado na praia. Sei que pintou a fachada da casa de Olga. *Yo soy yemas sobre una puta poco traviesa que le gusta sentarse en la polla dura*, Oliver gritou, enquanto sumia numa onda. Gilda o observava da areia. Ela não quis entrar no mar. Olga bebe caipirinha. À noite jogam cacheta e bebem cerveja. O olhar de Gilda me enche de medo. Ela golpeia a areia com o palito do sorvete enquanto olha Oliver brincando nas ondas. As nuvens encobrem o céu. Venta.

Que foi?, pergunta Olga. Quê? O que você falou? Nada, mãe. Desgraçado. Vários golpes com o palito na areia. Oliver dá a segunda mão na parede. Eu permaneço deitado. Que foi? Nada. Você tá estranha. Gilda não responde. Oliver desce da escada e apanha a cerveja. Oliver tenta tocar o braço de Gilda. Ela se esquiva e entra. Uma onda o derruba. O mar está agitado. Do que vocês querem o sorvete? Eu não quero. Oliver pede de limão. Olga vai até o carrinho.

E quando o tal escritor vai fazer a palestra? Nós ainda não marcamos. O tal escritor. O tal escritor escreve agora. Um dia lerei as notas que Oliver escreveu. Tudo está escrito. "Sou Srinivasa Ramanujan e ao mesmo tempo John Melvin Cyphers."

Se você tivesse tempo, eu te contaria uma história. Se tivéssemos tempo. Se vivêssemos. Fugimos. A arte da fuga não exige motivos, escrevi um dia. Na arte da fuga não há um destino. Tudo o que se escreve é profético. O que não foi, será. De um jeito ou de outro.

George Jones vaga ensanguentado pelas ruas. Carrega seis facadas, três no peito e três no pescoço. Diz que, além de ser George Jones, é um garoto alemão de onze anos que vive em Bonn.

Luvas amarelas. Ela vestirá luvas amarelas, é claro. "Sabe, garoto, quando eu tinha a sua idade, eu era você." O rosto de Olga desfigurado no retrovisor. Um dia alguém lerá isso e esse dia será hoje.

O professor lê meu trabalho. Oliver é professor. Eu sou Oliver. A vida muda rápido como um sonho. John Cage no Google Tradutor é John "gaiola", *es otra cosa*. Um dia o professor ganhou de um alemão uma pequena gaiola dourada. O pássaro não canta na gaiola. Todo jornal é de hoje. Sangue, sapos, vermes, bestas, pestilência, furúnculos... enquanto isso, do outro lado do mundo, um garoto come uma fatia de bolo na lanchonete ouvindo no fone músicas compostas para o Diabo. Um sonho inventado. E uma cabeça de serpente profere o nome de Hércules. A quarta forma que assume o meu súcubo.

Por que diabos minha mãe queria estar naquele número? Viro. Quase petrificado, sinto algo às minhas costas. Vulto. Como se tivesse alguém aqui em meu quarto. Alguém parado, de pé, me observando escrever. Disforme. Quase chego a vê--lo. Mas ele desaparece quando ia identificá-lo.

Mas foi naquele dia que comecei a me dar conta de onde eu termino e, então, começa você. Já não há aspas. O menino estava no berço. Tinha no máximo doze meses de vida. Na direção de seus pés havia uma porta.

Uma porta de madeira cheia de veios, talvez cerejeira. O menino observa, maravilhado, divertindo-se com as formas que surgem e somem. Transformando o menino e a porta. O menino sobre o estribo de um fusca verde-musgo. O pai conduz o veículo suavemente.

No banco do passageiro, sua mãe pede que tenha cuidado. O menino segura firme no quebra-vento. Estão numa estrada de terra num clube em Itapevi, interior de São Paulo. O pai pisa um pouco mais fundo para aumentar a emoção. Então, o pai diz que precisam ir. O menino solta. O chão que se move o desequilibra. Ele cai de costas, batendo a cabeça. O carro, seu pai e sua mãe desaparecem na poeira. O menino levanta e percebe que tudo, cada uma das coisas, passa a irradiar um halo. Um halo multicolorido. Sofre um lapso de memória. Não sabe onde está. Não sabe onde está seu pai, sua mãe. Sente medo e corre na estrada empoeirada. Segue a nuvem de pó, mas não sabe o que tenta alcançar. Cansado, toma o rumo contrário. Perdido. Assustado. Confuso. Sozinho.

Aos poucos recobra a consciência, apesar de permanecer no mesmo estado. Aos poucos os halos vão sumindo, mas, desse dia em diante, às vezes as coisas voltarão a exteriorizar suas cores em halos.

O menino e a estrada são outros. Como o homem e o rio.

O menino na penumbra de um pequeno quarto mobiliado com armário embutido, uma cadeira, uma cômoda com quatro ou cinco gavetas, uma cama e um beliche. Sobre a cômoda, uma coleção de seis ou sete volumes de histórias infantis que em toda a sua vida o menino jamais lerá. Um abajur com o Pica-Pau em madeira. Em outro canto, uma gaveta com alguns pares de meia, algumas cuecas e um segredo. Essa peça, uma minúscula mesa com uma só gaveta, era dele, só dele. Essa peça seria para ele um emblema.

Seu pequeno irmão e seu primo sobem no beliche e se lançam no espaço até atingir a cama, que está a tão poucos passos. Eles não sabem o que a gaveta com pernas esconde. Eles riem. Divertem-se. O menino assiste.

Vocês vão quebrar a cama e o papai vai ficar bravo. Ninguém dá atenção ao menino. O menino vai para a sala para ficar à vista do pai. A família, outros primos, os tios, a irmã e seus pais, estão todos lá. O menino caminha entre risos e vozes altas. Ouve-se então o presumível estrondo. O pai corre para o quarto. O menino guarda uma esperança que se esvai ao ouvir seu nome gritado. Caminha assustado em direção ao aposento. Não quer ir, mas avança. Sabe que não pode fugir ao chamado. Quando ele chega, o pai se abaixa para ficar à altura de seus olhos, toca suavemente o ombro dele e então fala com sua voz grave e aparentemente calma: Eles quebraram a cama de sua irmã e eu estou muito, muito bravo. Eu não posso bater no seu irmão porque ele é muito pequeno e iria machucá-lo muito. Também não posso bater no seu primo porque ele não é meu filho. Mas eu estou com muita raiva, por isso vou bater em você, está bem?

O menino faz sim com a cabeça. Agora vocês dois sumam daqui! O pai fecha a porta, dirige o menino até o meio do quarto e então o espanca com uma violência medonha. Enquanto bate, adverte: Olha nos meus olhos! O menino não consegue. Tem medo, mas isso só deixa o pai ainda mais furioso. O pai só não bate na cara. O menino não olha em seus olhos, contempla a pequena peça-gaveta que é dele, só dele.

Olha nos meus olhos! Você não está olhando nos meus olhos! O pai continua a bater até se sentir saciado. Depois deixa o quarto.

A penumbra e um menino machucado, novamente, para sempre. Mas o menino tem a gaveta e a gaveta guarda um tesouro.

O menino está deitado com o pai numa rede num pequenino quintal. O menino é fascinado pelo terror, pelos escorpiões e aranhas, e pelos monstros do espaço. Quando eu era criança, eu falava "telha de aranha" em vez de "teia de aranha". E uns meninos riram de mim. Seu pai conta mais algumas histórias, depois vai cuidar de suas coisas, vai ouvir os seus tangos. É sábado. O menino se fecha na rede e chora. Chora porque um dia riram de seu pai e isso talvez o tenha feito triste e bravo. Mas chora principalmente por saber que seu pai um dia foi criança. O menino sabe o quanto isso dói.

Sua mãe sempre avisava para que não comessem banana à noite porque dá pesadelo. O garoto do espaço ouvia sua mãe. Por isso, quando ia se deitar, dizia que ia tomar água e comia uma ou duas bananas às escondidas. Depois caminhava de forma engraçada, se imaginando trajado de astronauta. Ao chegar ao beliche, subia as escadas de sua astronave. O garoto adorava ter pesadelos e depois acordar num mundo melhor.

O menino levou seus caubóis para brincar no terreno baldio. Recriava o mundo com suas réplicas plásticas. Sempre escolhia um para ser ele, todos os outros eram vilões e carrascos. Ele era o mocinho, e aquele que o desafiava, depois de ser derrotado por suas mãos, que eram as mais rápidas do Oeste americano, era castigado no calor da chama dos palitos de fósforo. Muitos estavam marcados. Uns com o rosto desfigurado, outros com suas mãos ou pés derretidos. Ele sabia que seus hominhos, indinhos como ele chamava, tinham vida curta. Quando brigava com o irmão, de castigo sua mãe os jogava, todos, fora.

Houve soldados e homens da cavalaria, caubóis e os cavaleiros das cruzadas, viquingues e a legião estrangeira, peças de um xadrez e esqueletos, e os seus favoritos, os astronautas. Ele teve apenas dois astronautas. Réplicas perfeitas. Eram para ele tão importantes e poderosos que o ajudaram a sobreviver à infância. Nada lhe dava maior prazer do que brincar com suas miniaturas humanas. Nada no mundo tinha tanto valor.

Mas, como disse, quando brigava com o irmão, ia tudo pro

lixo. Certa vez, sua mãe pega todos os bonecos e joga fora. Até o astronauta. Depois ela amarra o saco. Mais tarde ela sai. Os meninos se aproximam do lixo. No saco, de um azul muito claro e transparente, o menino avista, entre as folhas queimadas da alface, a borra do café, restos de comida e embalagens, seu velho amigo.

O irmão quer abrir o saco e resgatá-los, mas o menino sabe que não podem. Assim são as regras. Devem obediência. Permanecem ali, por horas, observando os bonecos sem vida. Curiosamente, mais de trinta anos depois desse incidente o menino escreveria uma história em que todos os seus brinquedos perdidos reaparecem na caixa de areia de seus gatos. Quanto ao irmão, depois desse mesmo lapso estaria catando lixo nas ruas em busca de latas, ferro ou papel para trocar por pedras de crack.

Eu não tenho muita consciência do que veio antes. Antes do diagnóstico. Sei que não conseguia controlar aquilo. Era um jantar muito importante para Martha. E de repente eu falava aquelas coisas execráveis. Eu não. Outra coisa. O psiquiatra me ajudou quando me disse que era Tourette. Um nome pode fazer com que o desconhecido se torne familiar. Eu não conhecia a doença. Nunca tinha ouvido falar sobre isso. Foi horrível.

Não condeno as pessoas por não entenderem a doença. Só queria que elas percebessem que não era eu quem dizia tudo aquilo. Aquelas coisas desagradáveis e cruéis. Não era eu. Não era eu. Era outro.

Pouco antes disso tudo começar, eu senti algo estranho. Sentia uma presença. Como se algo me observasse. Essa presença, às vezes, parecia que me invadia. Me invadia e subia de meu estômago. Subia de meu estômago e espreitava por minha garganta. Por isso, eu ficava com a boca aberta. Era essa presença quem abria a minha boca para espreitar. E, então, falava. Falava por minha boca. E isso gelava o meu corpo e me enchia de fantasias sombrias. Acredito que foi isso que me levou a desenhar. Porque então era diferente. Diferente de quando passei a desenhar por estar imobilizado depois da operação no joelho. Na primeira vez em que minha vida desandou. Naquela época, desenhar me acalmava e me resignava. Mas não é assim em *XXX*. Esses desenhos não me acalmam. Há algo demoníaco neles. De qualquer forma, não penso que a arte seja uma busca. A arte é um tratamento. Desenhar geralmente me distanciava de todo aquele desconforto e me tranquilizava.

Qualquer um que me conheça, ou conhecesse, minimamente, sabe, ou saberia, que eu jamais diria ao sr. Gonçalo, que era o chefe de Martha e uma pessoa tão elegante e discreta, que eu tinha cagado um tronco de árvore.

Martha, indignada, repetiu isso pra mim inúmeras vezes. Por mais que eu me sentisse constrangido e jurasse não saber por que tinha dito aquilo. Mesmo quando ela soube que era uma doença. Ela continuou jogando isso na minha cara.

Como você foi falar para Gonçalo Lobo Guedes que cagou um tronco de árvore? Como você ousou?

Isso sem falar de Luis de Urquijo, o representante espanhol do laboratório. No começo, eu me perguntava se não foi a tentativa de falar em sua língua que causou tudo aquilo. Porque na minha Tourette eu falo em espanhol. Eu sei que não foi esse o motivo de nossa separação. Isso foi a gota d'água. Eu sempre gostei muito mais dela que ela de mim. Com o tempo aprendemos que deve haver igualdade numa relação. No fim, aconteceu o que tinha que acontecer.

Quanto ao Bruno, nunca fui pai de verdade. Ele não me procura e eu também deixei de procurá-lo. Nunca devia ter forçado essa relação com a Martha. Ela não gostava de mim, mas eu insisti. Eu forcei, e, mais que isso, forjei a natureza. O destino. E ela engravidou e o Bruno é só o fruto desse erro. Ele não podia ser diferente.

Conseguimos arrastar nossa relação por muito tempo. A duras penas. Sei que ela está melhor agora. Quanto a mim, depois do acidente, o que fiz com a minha vida foi o mesmo. Arrastei. A única coisa que me tranquiliza é fazer minhas histórias, sem sentido ou com sentido profundo demais para que eu possa entender, em quadrinhos.

Eu odeio dar aulas. Se bem que nem isso eu faço, nunca fiz. A educação física é um erro. A escola é um erro. Eu só peço que dois alunos escolham um time. Depois apito, olhando para o relógio. O tempo come minha aula enquanto eles jogam. Nunca ensino nada. Foi assim no Lycée Louis-le-Grand e é assim no FASES.

E, pra variar, acabei me apaixonando de novo. Dessa vez por Marina. Desde o início sabia que ela era uma repetição da Martha. Mas o que posso fazer? Foi por isso que acabei me envolvendo com a professora Gilda.

Porque julguei que ela estava mais no meu nível. Mas, agora, Gilda me apavora. Preciso deixar esta casa.

II. O LIVRO DO DUPLO

A David Tibet

I am right. You are wrong.
You are wrong. I am right.
[...] I am you right or wrong.
Wrong you are. I write. Am.
I wrote you are wrong. Am.
William Burroughs

Não consigo entender o que está escrito nas placas. As ruas estão desertas e escuras. Uma neblina deixa tudo com aparência irreal. Encontro meu professor e aproveito para lhe entregar meu trabalho. Não sei por que ele usa (está usando) luvas amarelas. Eu vi toda a minha vida num relance.

Eu disse que achava que um dia todos tiveram uma bicicleta mas que o mundo mudava rápido como um sonho. E que quando eu crescesse nem lembraria mais.

Quando chegou em casa o professor fez questão de ler o meu trabalho para toda a sua família e era como se eu fosse ele. Sua mulher usava os cabelos presos e quis cheirar o meu material. Eram muitos.

Uma das pessoas que descansa as mãos sobre as pernas tinha o rosto desfigurado o professor lia e tudo naquele cômodo era verde. Como um livro

O professor toma o desjejum em sua cama

Há três anos o professor vinha sendo atacado por pensamentos terríveis, monstruosos. Isso o atacava do nada, e quando ocorria ele, instintivamente, sem que se desse conta, balançava a cabeça de um lado para o outro, lentamente, como se dissesse não.

"NADA É VERDADEIRO. TUDO É PERMITIDO".

"Oh, quando os santos entram marchando. Oh, quando os santos entram marchando. Oh, Senhor, eu quero estar naquele número."

"Ora! Essa eu conheço. Oh, quando os..."

O Professor se emociona com suas memórias. Por isso vai para baixo da cama cantar a música que sua falecida mãe ouvia, quando viva, na velha vitrola

"Oh, quando o sol se nega a brilhar. Oh, quando o sol se nega a brilhar. Oh, Senhor, eu quero estar naquele número. Quando eles o coroam o Senhor de todos"... "Oh, quando eles se reúnem em volta do trono"...

Nada é nada, tudo é o mesmo

Certa manhã uma mulher cedeu lugar para o professor no metrô. Ele se sentia cansado.

1968 a seguir: Stanley Kubrick

CÓDIGO DAS PRESTADORAS DE LONGA DISTÂNCIA				Atendimento ao C
41 TIM	14 BRASIL TELECOM	25 GVT	27 AEROTECH	Deficientes Auditiv
15 VIVO	31 OI	12 CTBC	91 IP CORP	Anatel: 1331
21 EMBRATEL	43 SERCOMTEL	24 PRIMEIRA ESCOLHA		

Para Uso Exclusivo dos Correios

Devolução Eletrônica - CEDO
Na eventual impossibilidade da entrega, este documento deve ser retornado à Alameda Araguaia, 220 - Alphaville Industrial - Barue

☐ Mudou-se ☐ Não existe nº indicado ☒ Desconhecido ☐ Não Procurado ☐ Informação escrita pelo porteiro/síndico   Reintegrado ao serviç
☐ Ausente ☐ Endereço Insuficiente ☐ Recusado ☐ Falecido ☐ Outros _Controli de_ _Limpza_

Responsável: _____

Atenção Clientes TIM
Para enviar correspondências para a LIVE TIM use o nosso site ou ligue 10341 e fale com os noss

O QUE DEVO FAZER QUANDO EU ME ESQUECER DE USAR ESTE MEDICAMENTO?

Você pode tomar a dose deste medicamento assim que lembrar, desde que siga as orientações quanto ao uso e que não exceda a dose recomendada para cada dia.

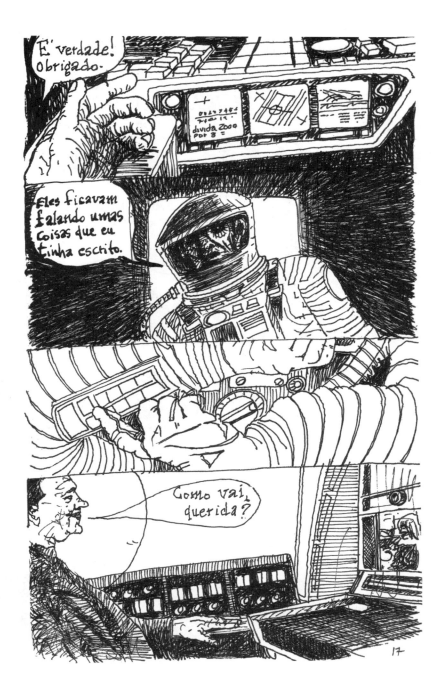

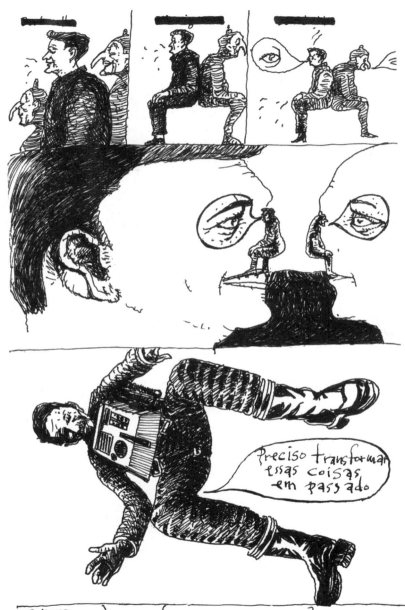

Era sobre isso que ele falava quando dizia:
"Verde como um livro?..." tosto, capa, broca...

Nas mãos de um mestre nada é improdutivo, para tudo ele encontra utilidade.

...arrianos y luciferianos convertían en campo de pelea el templo mismo, y de África llegaban vientos donatistas, levantó la cabeza el priscilianismo que superar la Iglesia española en el largo y glorioso curso de su historia. (117)

As vezes, como em um sonho, o tempo só passava para o meu aluno. E meu aluno, em certos momentos, se tornava meu irmão.

A Melhora da Morte

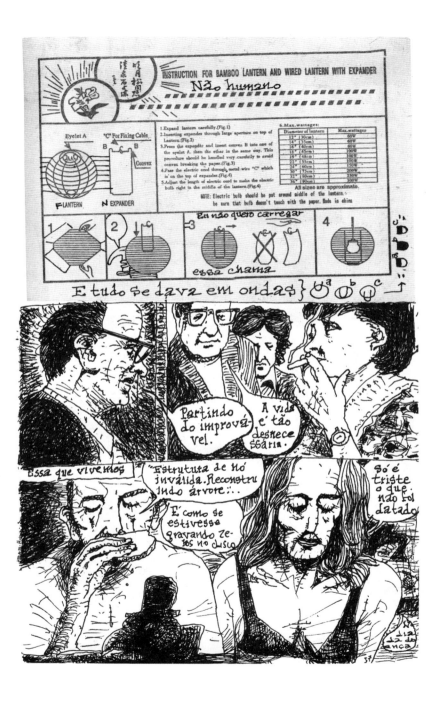

"...registei os factos pela ordem de chegada ao meu conhe- cimento..." (410 & Magik→ck)

Você é mesmo muito idiota

Professor? Professor?

Eu ainda te amo, minha menina

Peque na

Professor, eu vejo a eletricidade sair das coisas

Só então faria sentido. Se repetir

Peque alguma coisa

Meu primo disse isso no

fune ral

Ele viveu sua vida como se fosse

um plano

Enquanto o Professor procura

E tudo naquele cômodo era verde como as pernas (v) do diabo.

A questão poderia ser mascarada pelo ponto de início da história, dizia o professor pela manhã

Então o professor apre(e)ndeu que a vida só dura um dia para cada um e que a verdadeira compreensão não cabe na mente humana

III. O LIVRO DO LIVRO

1

A sala de espelhos

Oliver foi à minha casa. Veio mostrar *XXX*. Esperava ansioso por sua vinda. A porta da casa na Angelo Vita não tem recuo. Apenas um portãozinho separa da rua a porta da entrada. Meu quarto fica exatamente acima. Quando a campainha tocou, eu olhei da janela e vi Oliver lá embaixo. Não disse nada. Apesar da ansiedade, fiquei olhando para ele. Observando Oliver de um ângulo incomum. Como um zênite. Fiquei assim distante até ele tocar de novo. Desci. Não dá pra descrever o que senti quando abri a porta. Oliver é idêntico a mim fisicamente. Embora ninguém perceba. Acho que a única diferença é que ele é mais lento. Parece mais calmo. Seus movimentos são mais contidos. Seu olhar, mais inocente. O meio faz o homem? O que sei é que perder o sinal me fez mais triste. Mesmo a rotina miserável desse professorzinho de educação física é muito mais glamourosa que a de qualquer escritor.

Ao me ver, ele sorriu para mim. Não sei se sorri de volta. Convidei-o a entrar.

Dá licença, ele falou.

Vestia seu agasalho Adidas. Eu estava com uma camiseta de Paraty. A camiseta foi o Mundinho que trouxe da Festa Literária. Me deu de presente, ou por remorso. Deve ter ganhado. Sinalizei para que ele entrasse. Fiz um gesto com a mão oferecendo o sofá. Ele entrou lentamente. De cabeça baixa.

Não conferiu o ambiente. Não procurou se situar. Não olhou os móveis ou as paredes. Não sei se porque de alguma forma conhecia o ambiente ou porque para ele o lugar não despertou interesse. Perguntei se queria um café.

Se estiver pronto, eu aceito.

Vou fazer um rapidinho.

Não quero dar trabalho.

Vamos até a cozinha.

Ele me seguiu, silencioso. Lavei a cafeteira italiana. Pus a água e o pó.

E aí?, perguntei, para quebrar o gelo.

Tudo bem. Cara, é um enorme prazer estar aqui. Eu realmente admiro muito o teu trabalho.

É pena que você só conhece um de meus livros.

Você tem outros?

Tenho, tenho muitos outros.

Poxa, eu adoraria conhecê-los.

Vou te passar alguns. Trouxe o zine?

Tá aqui.

Ele me estende a HQ embrulhada num saco de lixo preto.

Tava com medo que chovesse. Eu vim de metrô, se justifica.

É mais fácil. De metrô é mais fácil. Vou ver depois do café.

O café fica pronto.

Vamos pra sala?

Ele aceita. Se acomoda num dos sofás. Elogia o café. Todos elogiam meu café. Abro o saco. Os desenhos enchem meus olhos. Traços nervosos e imprecisos. Gente feia e disforme.

Não leia agora, por favor.

Por que não?

Eu fico meio sem graça de você ler na minha frente.

Ah, tá legal. Eu vou ler, depois te devolvo.

Não, esse é seu.

Jura?

Claro.

Valeu. Vou ler, depois te falo.

Não tem pressa.

Pode deixar. Eu vou ler com calma, mas estou muito curioso. Já posso dizer de cara que adorei os desenhos.

Legal. Me dá um retorno sincero. Me diz o que achou de verdade.

Pode deixar.

Coloco *XXX* sobre a mesa de centro.

Você pensou na palestra?

Hum...

É só um bate-papo com os alunos. É só pra você falar um pouco do seu trabalho.

Eu vou.

Jura?

Vou, sim.

Então, eu conversei com a Marina, que é a professora de português, e nós podemos oferecer um cachê simbólico de trezentos reais.

Tudo bem.

Sei que é pouco...

Não tem problema.

Sabia que eu já escrevi roteiros para histórias em quadrinhos?

Sério?

É. Fiz vários álbuns.

Nossa, eu quero ver esse material. Não sabia que você desenhava.

Não desenho. Não sei fazer nem uma casinha. Eu tinha uma parceria com um desenhista.

E por que parou?

Porque ele morreu.

Pô, que mal. Sinto muito.

Ele fala sem sentir. Corro mais umas páginas.

O bairro aqui parece tranquilo.

Eu gosto muito do Tatuapé.

O aluguel por aqui é muito caro?

Depende. Desse lado da Celso Garcia é um pouco mais em conta.

Eu preciso alugar uma casa ou um apartamento.

O problema aqui é que o metrô nos horários de pico é um inferno.

Imagino. Eu estou morando com uma amiga, mas preciso sair de lá.

Eu tenho um quarto a mais.

Imagina.

É sério.

Eu preciso mesmo arrumar um canto pra mim. Refazer minha vida, sabe?

Refazer? Ela se desfez?

Ele ri.

É.

Que aconteceu?

Cara, eu perdi tudo, sabe?

Como?

Eu fiquei meio xarope. Tive uns problemas. Me separei, perdi o emprego, fiquei doente...

Mas agora está melhor?

Estou, estou, sim. As coisas estão voltando aos eixos.

Quer mais café?

Quero, sim, mais um golinho.

Apanho a cafeteira na cozinha e levo pra sala. Ele é desses que toma o café sem açúcar. Eu ponho uma colher de açúcar e mais um trisquinho. Trisquinho é um quase nada. Mania.

Você já leu alguma coisa do Mutarelli?

Quem?

Lourenço Mutarelli.

Não conheço, o que ele escreve?

Livros.

Que tipo de livros?

Desses retangulares. Repito *Jesus Kid*.

Ele ri.

Você assistiu *O cheiro do ralo*?

Cheiro do ralo?

É.

Não.

É um filme baseado num de seus livros.

Não conheço, é legal?

É interessante.

Vou procurar. Eu não tenho nenhuma pretensão com essa HQ, só queria mesmo saber sua opinião. Fazer isso me ajudou a enfrentar toda a crise, sabe?

Você disse que esteve doente.

Tourette.

Caramba!

É. Mas já passou.

Passou?

Passou. Eu queria trazer "Uma Ocasião Exterior", mas eu gostei tanto do livro que passei pra frente. Vou comprar outro e aí vou querer um autógrafo.

Eu te dou um, tenho um monte aí.

Imagina, não precisa.

Que é isso, faço questão.

Num salto, subo ao quarto para apanhar um exemplar. Pego uma caneta na escrivaninha. Apanho o gravador. Desço e assino o livro. Deixo o gravador escondido atrás de um enfeite na estante da sala.

A Oliver Mulato, é tudo uma coisa só. Carinho e gratidão, Mauro Tule. Entrego. Ele folheia o livro, sorrindo.

Vou até reler.

Faça isso.

Bom, eu não quero tomar muito o seu tempo.

Eu tô tranquilo. E falei sério de você ficar aqui.

Imagina.

É sério.

Que é isso...

Tenho um quarto sobrando. Era pra ser o meu escritório, mas eu não uso. Escrevo sempre no quarto.

E você está escrevendo?

Estou.

Livro novo?

É.

Legal.

Ele corre umas páginas.

E sobre o que é o livro?

Chama *O Grifo de Abdera*.

O Grifo?

É, é um ser mitológico.

Sei.

Abdera é uma antiga cidade grega.

Interessante.

É uma moeda. Você reparou no anel do Mundinho?

Ele ri.

Não dá pra não reparar. É imenso.

Então, o livro é sobre aquela moeda.

Ah, aquilo é uma moeda?

É.

Então não se passa no espaço.

A Terra também está no espaço.

É verdade. Então se passa na Grécia antiga? É tipo de época?

Toda história é de época.

Ele ri.

É verdade.

É uma história absurda. Não sei o que você vai pensar sobre ela quando ler.

Quero ler. Falta muito pra acabar?

Um pouco. Não muito.

Quero ler, quero ler.

Você é um personagem na história.

EU?

É.

Tá brincando?

Sério.

Como assim?

Não dá pra falar. Você precisa ler.

Poxa, agora você me deixou curioso. Como eu posso ser um personagem?

Fica tranquilo que não vou usar o seu nome.

Mas por que eu? Você mal me conhece.

No livro seu nome será Otávio.

Otávio?

É, Otávio Müller.

Otávio Müller não é um ator?

Não. É?

É. O Sardinha.

Sardinha?

É.

Que Sardinha?

Da novela.

Novela?

É.

Ih, então vou ter que gerar outro anagrama.

Otávio Müller é anagrama do meu nome?

É. É só embaralhar as letras.

Sério? Ele pensa. Tenta embaralhar as letras.

Pego um papel sobre a mesa e escrevo. Depois cruzo as letras.

É verdade... Mas por que eu sou seu personagem?

Você só vai entender quando ler. Se você pegar um livro, qualquer livro, e embaralhar as letras, pode escrever milhares de outros. Alguém falou isso.

Cara, eu quero ler esse livro.

Você vai ler. Estou quase acabando.

Mas fala o que de mim?

Falo um pouco sobre esse período que você viveu.

Que período?

Você vai ver.

Cara, isso me deixa preocupado. O que você sabe a meu respeito?

Não dá pra falar. Tem coisas que só fazem sentido lidas.

Poxa, eu não sei se quero ser personagem de um livro...

Oliver fica desconfortável. Agitado. Tira o casaco. Fica com uma camiseta em que está escrito FASES.

Mas por quê? Por que eu sou um personagem?

Fica tranquilo, é uma homenagem.

Mas por quê? Minha vida é insignificante. Eu não quero ser personagem, cara. Deixa eu ler o que você escreveu sobre mim.

Logo, logo eu acabo e você lê.

Eu quero ler isso antes de você publicar.

O ritmo de Oliver acelera. Ele anda de um lado para outro. Sua.

Cara, não tá certo isso. Eu não quero que você fale de mim. Na boa, eu adoro seu livro, mas... eu não quero estar nele, saca?

Calma. Lê primeiro.

Eu vou ler primeiro mesmo. Não quero um livro que fale de mim. Você nem me conhece.

Calma, cara.

Oliver muda. Parece um animal acossado. Seu olhar se torna agressivo. Seus gestos são vigorosos.

Eu tava brincando.

Como assim?

Eu tava brincando.

Brincando?

É. É brincadeira, você não é personagem.

Porra, cara, você me deixou preocupado.

Quer mais café?

Não!

Quer uma água?

Não, não quero nada. Me tira desse livro, vai.

Era brincadeira. Fica tranquilo. Eu tava brincando, juro.

Sério?

Juro.

Puta merda, eu fiquei preocupado.

Eu tava brincando.

Ufa.

Oliver se serve de café. Puta susto, de boa.

No momento não sabia como iria resolver o problema. Pensei em mudar o nome do personagem e a matéria que ele leciona. É claro que Oliver iria saber. E logo agora, que esse problema de biografias está tão polêmico. Por que fui dizer isso a ele? Como ele pode não saber de nossa ligação? De qualquer forma, por ora ele engole o anzol. Senta. Parece mais calmo.

Que susto, cara...

Desculpa. Eu brinquei porque o meu personagem também é professor.

Ah, bom... O meu também. Em *XXX* o protagonista é professor também.

Era isso.

Ele ri, nervoso.

Já pensou? Pegar um livro e ver tua vida exposta lá? Nem brinca.

Deve ser ruim mesmo.

Tá louco. Não que eu tenha algo a esconder, mas... é foda.

E ele dá aula de quê?

De matemática.

Tá.

Deixa eu pegar uma coisa pra te dar. Subo correndo ao quarto. Espero ele se acalmar. Pego um exemplar de *O nati-morto*. Desço e entrego a Oliver.

É desse cara que eu tava falando.

Legal. Ele folheia e devolve.

É pra você.

Sério?

É.

Pô, obrigado.

E quando você quer que eu vá ao colégio?

Ah, a gente tava pensando que seria legal se você pudesse ir na semana que vem ou na outra.

Quando for melhor pra você. Pra mim tanto faz. Vê o que é melhor pra vocês.

Eu vou falar com a Marina e depois te ligo. Pode ser? É que eu imagino que a tua agenda deve ser meio corrida.

Não é, não.

Então eu vou ver com a Marina e te ligo.

Fechado.

Ela pensou em adotar seu livro.

Sério?

É. Ela pensou que seria bacana você fazer a palestra e depois ela passar o livro como trabalho.

Bacana.

Eu disse que achava mais legal eles lerem primeiro o livro e depois te levar lá.

É, pode ser melhor assim.

É que eu queria te levar logo, sabe?

Hum-hum.

No fundo, preciso assumir, eu estou te usando. Ele diz isso e ri.

Me usando?

É que eu estou muito a fim dessa professora e ela adorou o teu livro. Aí eu disse que te conhecia e ela nem acreditou.

Entendi.

Mas você sabe que eu gosto muito mesmo do teu livro.

Você falou.

Então, mas você foi uma ponte, sabe?

Claro. Eu entendo.

Ele folheia *O natimorto*. Eu folheio *XXX*.

Você disse que está morando com uma amiga.

É. Uma professora lá da escola.

Outra?

Ele ri.

É, mas...

Mas?

Eu ia dizer que não tenho nada com ela, mas a gente acabou ficando umas duas vezes... Mas não vai pensar que eu sou pegador...

Ele fica sem graça ao dizer isso.

E não tá pegando mais?

A Gilda? Não. A gente só ficou, sabe?

Sei.

Mas as mulheres não entendem isso. Elas sempre acham que a gente vai querer casar com elas.

E você não quer casar?

Não com ela.

Entendo.

Eu tô a fim dessa professora de português.

Quer casar com ela?

Não. Mas tô a fim de verdade.

Espero que minha ida à escola te ajude.

Já tá ajudando.

Vou ser o padrinho.

Ele ri.

Espera aí. Ele paralisa ao dizer isso. Fica mexendo o dedo no ar como se estivesse regendo uma orquestra. Espera aí, espera aí...

Que foi, Oliver?

Otávio Müller é mesmo um anagrama do meu nome...

Ah, isso sim.

E você não pensou nisso agora.

Não. É verdade.

Então, isso quer dizer que você está me usando mesmo como um personagem no seu livro.

Não, não estou, não. Fica tranquilo.

Você não pensou nisso agora. Você já sabia.

Seu ritmo começa a ganhar velocidade de novo. Seu olhar me ameaça.

Na verdade, Oliver, eu... no dia em que nos conhecemos... eu fiquei com o seu nome na cabeça. Porque eu nunca esqueço um nome. E aconteceu um negócio importante comigo naquele dia, e meio que como uma homenagem eu resolvi mudar o nome do personagem, entendeu?

Não. Por quê? Por que usar o meu nome?

Eu não usei o seu nome. Eu criei um anagrama a partir do seu nome. Foi isso que eu fiz. Porque dessa forma registro o dia. O dia em que aconteceu algo importante pra mim e quando, por coincidência, nos conhecemos. Aí, eu criei o anagrama para cifrar o acontecimento desse dia.

Ele tem o meu nome e não sou eu? É mais ou menos isso que você quer dizer?

Não. Ele não tem o seu nome. Ele tem as letras do seu nome embaralhadas.

Mas não tem nada a ver comigo?

Isso.

Você acha que seria possível usar o nome de uma pessoa sem representar essa pessoa?

Claro. Não foi o que eu fiz, pois não usei o seu nome, mas acho totalmente possível.

Eu não sei. Acho que o nome nos determina de alguma forma.

Se é assim, o que me diz dos homônimos?

Oliver reflete em silêncio. Não parece acreditar que o livro não fala sobre ele. Quebro o silêncio procurando distraí-lo. Você acha mesmo que é o nome que determina a pessoa?

Talvez.

Quer mais um café?

Não, obrigado.

Ele parece distante.

Bom, eu vou indo.

É cedo.

Eu tenho um monte de coisas pra resolver.

Tá legal. Então, a gente se fala.

Valeu. Valeu mesmo, e obrigado pelos presentes.

Eu que agradeço.

E está tudo certo quanto à palestra, né?

Tudo certo. É só você me dizer a data.

Legal.

Acompanho Oliver até a porta. Ele vai desconfiado. Eu não vou mudar nada no livro. Talvez, só o seu nome.

2

Soy capitán

Quando Oliver entra no apartamento de Olga, percebe o espelho da sala estilhaçado. Olga está vendo TV.

Nossa, que aconteceu?

Que você acha?

Olga diz isso com o olhar raivoso. Oliver não entende. O ar está pesado.

E a Gilda?

Tá no quarto, Olga responde baixo. Com uma voz cavernosa.

Que foi, Olga?

Ela desliga a TV. Eu vou me deitar. Teu prato tá no micro-ondas.

Ela sai. Oliver vê seu rosto multiplicado nas lascas do espelho. Deixa suas coisas no quarto. Vai ao banheiro, dá uma mijada. Lava as mãos e o rosto. Volta à cozinha e esquenta o prato. Espera na área de serviço o forno apitar. Quando vai retirar o prato, vê o reflexo de Gilda na porta do micro-ondas e se assusta.

O olhar de Gilda o fuzila.

Tudo bem?

Eu fiquei te esperando.

Eu fui falar com o Mauro.

Você podia ter avisado.

Eu te falei. Eu falei que ia na casa dele.

Não. Você não falou.

Claro que eu falei.

Pra mim não. Pra mim você não falou nada.

Eu falei.

Deve ter falado pra Marina.

Eu falei pra você.

Não falou!

Oliver interrompe a discussão. Gilda está toda descabelada. Seu olhar é virulento. Oliver senta na cabeceira da mesa de quatro lugares. Na primeira garfada percebe que a comida continua gelada. Põe o prato de volta no micro-ondas. Ele quer perguntar o que aconteceu com o espelho, mas já percebeu que o melhor que pode fazer é ficar quieto.

Gilda senta na outra extremidade da mesa. Ela o encara. Oliver não olha de volta. Oliver come apenas quatro garfadas. Depois empurra o prato.

Desculpa. Eu tinha certeza que tinha te avisado. Oliver tenta mudar a estratégia.

Ela não responde. Continua a encará-lo com ódio.

Bom, eu vou me deitar. Boa noite.

Oliver deixa sobre a pia o prato com o resto de comida e vai para o quarto. Gilda continua ali por um eterno momento.

Clipe de Oliver se mexendo na cama. O despertador toca. Oliver aciona a soneca. O despertador volta a tocar. Oliver levanta apressado e vai para o banho. Quando chega vestido à cozinha, encontra Olga tomando o café. Serve-se.

Ué, cadê a Gilda?

Ela já foi.

Já foi!

Oliver larga o copo na pia.

Putz, eu vou chegar atrasado. Sai apressado. Corre até o ponto. Espera. Pega o ônibus lotado. Perde a primeira aula.

Na hora do recreio, ao entrar na sala dos professores, avista Marina.

Tudo bem?

Oi, querido.

Marina se estica para que Oliver beije seu rosto. Ele beija. Lentamente.

Ele vem.

Vem?

Oliver faz sim com a cabeça.

Não acredito! Sério?

É só você dizer o dia.

Jura?

Marina salta da cadeira e o abraça no instante em que Gilda entra na sala.

Você falou pra ele que o cachê é pouquinho?

Falei.

E ele aceitou?

É isso aí.

"*Se necesita una poca de gracia*", Gilda solta.

Todos olham pra ela.

Você falou comigo?, pergunta Oliver.

"*Una poca de gracia por mí, por ti…*"

Gilda começa a cantarolar. Oliver olha pra ela sem entender.

"*Yo no soy marinero…*"

Cara, você é demais. E, para todos: O Mauro Tule vem!, Marina anuncia, tentando ignorar a estranha atitude de Gilda.

"*Yo no soy marinero. Yo no soy marinero, soy capitán…*" Gilda canta cada vez mais alto. Todos olham para ela.

"*Bam-ba-bamba, bam-ba-bamba, bam-ba-bamba, ba…*"

Gilda, completamente transtornada, canta quase berrando.

"*Para bailar la bamba, para bailar la bamba, se necesita una poca de gracia. Una poca de gracia por mí, por ti. Ay arriba y arriba.*

"*R-r-r-r-r. ¡Ja! ¡Ja!*"

3

Una sección

No fim da tarde Oliver descobre que Gilda já foi embora. Não esperou por ele. Oliver caminha algumas quadras até o ponto de ônibus. Próximo ao ponto avista a puta grávida. Oliver para do outro lado da rua. Ela o chama. Faz sinal com a mão. Vem cá, ele lê em seus lábios. Vem cá. Ele vai.

Oi, gato. Tudo bem?

Tudo. E você?

Eu tô ótima. Quer fazer um programinha gostoso?

Eu estou a fim de uma cerveja, topa?

Cerveja?

É.

Só uma cervejinha?

Pra começar...

Pra começar? É?

É.

Eu não posso, amor. Estou trabalhando.

Não bebe em serviço?

Depende.

Vamos tomar uma cerveja.

Onde você quer tomar a cerveja?

Lá. Oliver aponta para o bar. O bar onde bebeu com Gilda.

Por que você não me leva pra tomar uma cerveja no motel?

No motel?

Um carro buzina com fúria atrás dele. Oliver olha assustado. Gilda no volante. Cara de louca. Ela abre o vidro e grita.

Que que cê tá fazendo?!

Eu não estou fazendo nada.

Entra no carro!

Oliver baixa a cabeça e entra. Gilda arranca.

Eu não acredito em você! Eu não acredito. O que você quer?

Oliver não responde.

Agora você vai sair com puta? É isso? Cafajeste!

Eu...

Você o quê?

Eu não ia sair. Mas e se fosse? Qual o problema?

Gilda balança a cabeça. Xinga o carro da frente, que anda devagar. Buzina.

Vai, filha da puta, tartaruga ninja do caralho!

Oliver olha os próprios pés. Precisa comprar um tênis.

Você é um canalha mesmo. Eu não acredito que ia sair com uma prostituta e ainda por cima grávida.

Eu não ia sair com ela. Já falei. Ela me chamou. Ela pediu fogo e eu disse que não tinha.

Ah, claro...

Oliver encosta o peito nos joelhos e tenta colocar o dedo mindinho no furo que enxergou no tênis.

Então, não ia sair com ela?

Não. Claro que não. Que ideia.

Vai, roda presa!, ela grita pela janela.

O trânsito está pesado.

Mas prefere ir de ônibus a voltar comigo, é isso?

Claro que não.

Então por que foi embora sem me esperar?

Eu achei que você tivesse ido embora. Eu perguntei por você e o Roberto falou que você já tinha ido. Que coisa.

Não grita.

Eu não estou gritando. Você que está gritando.

Gilda liga o rádio, alto. Oliver bufa, baixo.

Que aconteceu com a gente?

Ah, você não sabe?

Juro que não sei.

O que será?

Gilda desliga o rádio.

É por causa da Marina? É isso?

Gilda ri. Não responde. Fica movendo os lábios como se

falasse um monte de coisas. Depois os dois se calam. Levam mais de uma hora para chegar em casa.

Quando chegam, encontram Olga vendo TV.

Hoje eu não fiz janta. Vamos pedir pizza.

Ótimo. Oliver tenta ganhar a velha.

Do que vocês querem?

Eu gosto de todas. Escolhe, Gildinha.

Gildinha?!, Gilda pergunta com raiva.

Portuguesa?, Oliver tenta consertar.

Meia portuguesa, meia marguerita?, Olga sugere.

Eu vou tomar banho. Gilda deixa a sala.

Perfeito.

Vou ligar.

Deixa que eu pago.

Olga liga.

Oliver senta no sofá e vê a novela com Olga.

4

Perdendo a ternura

Sala dos professores. Gilda corrige trabalhos. Marina lê em outra mesa. Roberto constrói problemas. Eu tenho o dobro da idade que você tinha quando eu tinha a sua idade. Quando você tiver a minha idade, a soma das nossas idades será de quarenta e cinco anos. Quais são as nossas idades? Plínio filosofa, Eva folheia a revista *Caras*. Evandro toma café. Oliver entra na sala. Evandro brinca com ele.

Quer dizer que teu time vai pra segunda divisão?

Nem brinca...

E o Fabinho e o Chico? Que que a gente faz com eles?, Roberto pergunta.

Puta merda... tá difícil, Oliver retruca.

Você marcou com ele?, Marina pergunta, animada.

Tá tudo certo. Dia 21.

Que demais. E você falou que ele tá escrevendo outro livro, né?

É.

E sobre o que é esse livro, ele falou?

Ele falou... falou, sim. Oliver faz uma cara de soberba ao dizer isso.

Yo no creo en las brujas, Gilda solta do nada.

Fala, vai. Sobre o que é o livro?

Ele me deu um susto.

Te deu um susto, Marina diz, depois de olhar de uma forma engraçada pra Gilda.

É, ele falou que o livro era...

Pero que las hay, las hay... Gilda interfere de novo.

Era o quê?, Marina tenta ignorar as interferências.

Ele, ele brincou que o livro falava de mim. Agora isso parece bom. Oliver se sente importante ao falar isso.

Hay que endurecerse pero sin perder...

De você?, Marina atropela.

Agora, são os olhos de Oliver que se enchem de ódio.

Ele tava brincando...

La ternura...

Ele estava brincando, Oliver fala pausadamente.

¡Jamás! Sin perder...

Eles se calam.

La ternura... jamás.

Oliver sai da sala cheio de rancor.

No fim do dia ele não espera por Gilda.

A puta grávida não está no ponto. Mas num pequeno prédio há uma placa de "Aluga" e o número de um celular.

Oliver anota.

5
Rancor

Não foi fácil, de repente, poder observar a vida de outro ponto. Não foi fácil estar presente na vida de um estranho. Assim como não foi fácil perder esse contato. Acho que eu disse que no começo paguei um preço por essa dupla consciência. Falei do enjoo e do desconforto físico que sentia. Minha relação com este livro é diferente. Nunca volto a reler. Sigo. Apenas vou escrevendo.

Também não é fácil contar esta história com base nas poucas peças que consegui desde o momento em que perdi o contato. Certa noite, porque eu sabia que Oliver só estava disponível no fim do dia, resolvi ligar para ele.

Eu tinha acabado de ler *XXX* e me sentia vazio.

Além do mais, eu já estava escrevendo esta história. Não queria simular sua vida. Queria seguir escrevendo a partir de fatos. Esta história não é ficção. E eu realmente gostei dos desenhos de Oliver. Há um parentesco entre seu traço e o de Paulo. Paulo Schiavino, meu antigo parceiro.

Isso me levou a pensar que talvez pudéssemos despertar o Mutarelli quadrinista. Fora que, se trabalhássemos juntos, eu estaria mais perto e teria mais informações para terminar este livro. E, se voltássemos a nos aproximar, eu acreditava que aos poucos poderia convencê-lo da importância desta história ser contada.

Por isso liguei para Oliver. Por tudo isso eu lhe telefonei. E Oliver atendeu minha chamada. Ele estava no ponto de ônibus. Tinha deixado o colégio e se dirigia para a casa de Olga. Eu disse que gostei muito do zine. E que estava pensando em tentarmos uma parceria. Ele disse que gostaria muito de quadrinizar "Uma Ocasião Exterior". Não era o que eu tinha em mente, afinal o livro já existia e não poderíamos assinar com o meu pseudônimo. Mas era uma forma de nos aproximarmos.

Para minha surpresa, ele me perguntou se podia ir pra minha casa para conversarmos sobre isso, eu ainda não sabia que ele estava se desentendendo com a Gilda. Adorei a ideia e perguntei quando ele queria fazer isso. Ele disse: Agora. Então eu, novamente, o esperei ansioso.

Ele demorou quase duas horas para chegar. Já eram nove quando a campainha tocou.

Passo parte do dia escrevendo. Depois fico aqui. Muitas vezes tentando reaver nossa conexão. Principalmente depois que a Samantha me deixou. Não tenho muitos amigos. Era bom viver sua vida. Eu não sentia no corpo os golpes que ele levava. Eu era um espectador. De qualquer forma as duas horas passaram. Eu ouvi a campainha e desci. Dessa vez não o observei lá de cima. Quando Oliver entrou, perguntei se ele tinha jantado. Ele disse que não. Eu falei de pedir pizza. Ele falou que poderíamos pedir mais tarde. Me entregou uma sacola do Pão de Açúcar. Na sacola havia uma garrafa de Chivas. Sugeri abrirmos. Ele disse que seria ótimo. Peguei gelo e nos sentamos na sala.

Ele começou a falar. Precisava desabafar. Estava irritado. Oliver foi me dando tudo o que escrevi nos últimos capítulos. Eu ia pedindo detalhes enquanto enchíamos os copos. Ele não se incomodava com meu cigarro. Aos poucos, Oliver foi se soltando cada vez mais. É claro que eu já tinha escondido o gravador. Tudo era gravado sem que ele soubesse. Eu não podia perder nenhum detalhe.

Ele estava cheio de rancor. Disse que não existia ser mais rancoroso e vingativo do que a mulher. Contou sobre a intenção de Gilda. Disse que, depois que ela entendeu que ele jamais gostaria dela da forma que ela queria, Gilda passou a atacá-lo. Contou que ela começou a soltar frases em espanhol para reativar sua doença.

Ele reconhecia o quanto ela havia feito por ele, mas dizia que não tinha culpa de gostar mais da Marina. Oliver disse que sentia gratidão por Gilda. Sincera gratidão. Só isso.

Com Marina era diferente. Ela o enchia de desejo. E esse sentimento o revitalizava. Depois dele desabafar por mais de duas horas, eu o lembrei da pizza, porque a pizzaria fecha cedo nos dias de semana e eu não tinha nada para lhe oferecer. Ele aceitou. Pedimos meia napolitana, meia pepperoni. Quando me levantei para telefonar, percebi que eu já estava bêbado. Fazia tempo que não tomava uísque.

Eu queria contar tudo pra ele. Tudo o que eu sabia. Queria explicar que não foi Tourette o que ele sofreu. Queria convencê-lo da importância deste livro, quando a pizza chegou.

Eu parei de beber, ele não. Quando nos demos conta, já eram quase duas horas da manhã. Oliver havia perdido o metrô. Ele quis pedir um táxi. Eu o convenci a ficar. Disse que seria melhor ele dormir em casa. Ele concordou. Depois disse que Gilda ficaria aflita se ele não voltasse. Assim, seguimos conversando. Mesmo eu dizendo que não ia beber mais, ele continuava a encher o meu copo.

E ele foi me dando todas as peças que faltavam. Sem perceber, apaguei. Lembro que subi ao quarto para pegar algo que nem sei mais o que era e, ao avistar minha cama, me atirei nela.

Quando acordei, Oliver já tinha ido embora. Peguei o gravador para ouvir o que mais tinha acontecido. Para meu espanto, não havia nada gravado.

Pensei no *Clube da Luta*. Me arrepiei ao pensar que talvez Oliver fosse fruto de minha esquizofrenia.

6

Molho de tomate e carne moída

O que narro agora foi construído a partir das conversas que tivemos enquanto trabalhávamos na adaptação de "Uma Ocasião Exterior" para os quadrinhos. Durante cinco semanas nos reunimos em minha casa todo sábado. Oliver chegava por volta das dez e meia. Trabalhávamos até duas e pouco, e então saíamos pra almoçar num quilo perto de casa. Sei que a situação entre Oliver e Gilda chegou ao limite depois da noite que ele passou em minha casa. Ele nunca disse a ela onde estivera.

No intervalo da manhã que seguiu esse incidente, Oliver ligou para o número que tinha visto na placa do apartamento que estava para alugar. O valor era maior do que ele imaginava, mesmo assim achou que seria possível pagar se apertasse um pouco o orçamento. Afinal, agora ele tinha o salário da escola. E a situação na casa de Gilda havia se tornado insustentável.

Era um belo golpe em Gilda e ele teria um território seu. Um lugar para poder investir em Marina.

Gilda vinha evitando falar com ele. Passaram a ir e voltar separados de casa para o trabalho e do trabalho para casa. Nesse meio-tempo, eu finalmente fui dar a tal palestra. Foi mais tranquilo do que eu supusera. A palestra. Porque conhecer Marina não foi fácil. Ela realmente exala sexo. Só de olhar para ela, me enchi de fantasias. Trocamos telefones e senti, sinceramente, que ela se insinuava pra mim. Eu sei, é claro, que o que a seduzia era o fato de eu ser escritor. Como já disse, muitos se encantam com isso. Glamorizam demais esse ofício. Mas eu me mantive firme. Fiel a Oliver, por mais que fôssemos o mesmo.

Quanto a Gilda, a batalha foi se intensificando. Sempre que Oliver começava a conversar com Marina na sala dos professores, Gilda soltava as frases em espanhol na intenção de confundi-lo, o que nunca aconteceu. Ao contrário, num dia em que Gilda soltou um *"yo tengo tantos hermanos"*, Oliver devolveu:

Gilda, capital de Istambul?

Ela entrou em transe. Pouco depois, de posse das chaves do apartamento, num sábado, quando Gilda e Olga tomavam o café da manhã, Oliver anunciou:

Eu não tenho palavras para agradecer tudo o que vocês fizeram por mim.

Olga soltou um "hum...". Gilda não disse nada. Oliver continuou:

Vocês têm toda a minha gratidão, mas já está em tempo de seguir minha vida. Eu aluguei um apartamento perto da escola e estou me mudando pra lá.

Gilda empalideceu. Olhou para ele com expressão de horror. Disse: Você vai embora? como se dissesse: Depois de tudo o que fizemos por você. Vai me trocar por aquela vagabunda?

Eu nunca terei como agradecer.

Olga pareceu aliviada. Quanto a Gilda, segundo a descrição que Oliver me fez, foi como se sua energia vital se esvaísse de seu corpo.

E foi assim. O novo apartamento era quase uma quitinete. Uma sala pequena, banheiro, uma cozinha minúscula e um quarto.

Na segunda-feira depois do expediente, Oliver levou a puta grávida para estrear a casa. Oliver estava cheio de autoestima. A puta era quase um *test drive* para Marina.

Aos poucos Oliver percebeu que o passo seguinte seria deixar a escola. Precisava se distanciar ao máximo de Gilda. O problema era que agora morava tão perto dali. No fundo, torcia para que Gilda deixasse o FASES.

Como disse, passamos a nos ver todo sábado. Depois que almoçávamos, Oliver seguia sua vida.

Oliver seguia a sua vida... o pouco que restava.

É curioso e triste. Quando comecei a viver essa experiência incomum, eu mal me dei conta da grandeza de tudo isso. Vivemos uma vida que nos distancia do incomum. Nossa rotina foi se formando para atentarmos apenas ao mundo prático. Desaprendemos a valorizar os pequenos sinais. Somos totalmente treinados para ser céticos. Tudo o que fazemos é nos distanciar de nós mesmos e de qualquer aspecto sobrenatural, ou, mais que isso, sobrecotidiano. Rejeitamos qualquer coisa que fuja a esse mundo prático. O que houve de espiritual ou místico agora se resume ao material.

Vou encartar aqui as poucas páginas que resultaram dessa tentativa de adaptar "Uma Ocasião Exterior". Aqui meu trabalho é muito mais difícil. Não trabalho mais no quebra-cabeça. Agora tento colar os cacos de um enorme vaso quebrado.

Pouco antes da morte de Oliver, tudo se passou de forma corriqueira e muito rapidamente. Depois que perdi o contato incomum que vivi, fiz de tudo para me reaproximar de Oliver. E fiz isso por interesse. Apenas por isso. No fundo, se eu for analisar friamente, só queria terminar este livro. E, embora o título que dei a ele se refira à moeda, até isso eu estava abandonando. Acabei me focando apenas nessa vida cotidiana de Oliver. Quando nos reuníamos nas poucas semanas em que nos aproximamos e trabalhamos juntos, eu perdi a chance de conhecê-lo de fato. Meu único interesse mesquinho era especular os aspectos rotineiros de sua vida para completar esta história pobre. Era como fazer um livro fácil. No fundo, era ele quem o escrevia. Eu apenas digitava o texto.

Tanta coisa que eu devia ter perguntado ou tentado entender e deixei passar em branco. É aquela velha história que meu pai tentou me ensinar quando minha mãe o expulsou de casa. Mas isso não vem ao caso. Eu mesmo não me dei a vocês de maneira honesta. Porque até aqui omiti muita coisa sobre a minha vida. Até mesmo sobre aspectos práticos e cotidianos que poderiam não só desviar a atenção de vocês do foco narrativo. Mais que isso, poderiam pôr em risco minha autoridade como narrador. O pouco que falei de mim saiu sempre como desabafo. Simplesmente transbordou. Mas, ao menos, eu deixei claro que esta não é a minha história. É a tentativa de compreender esse outro.

Assim que Oliver julgou ter recuperado as rédeas de sua vida, de sua vida prática, rotineira e cotidiana, digamos, ele começou a investir em seu desejo por Marina. Menos de uma semana depois de deixar a casa de Olga, passou a ignorar cada vez mais sua amiga Gilda. Sei que ele não se deu conta de como essa mudança ocorreu drasticamente. Sei que não pretendia magoar a amiga, e nem imaginava o quanto isso iria ferir os sentimentos dela. Oliver foi recuperando sua vidinha sistemática. E isso, às vezes, é muito sem graça. É claro que pra ele tudo isso tinha um valor maior e cada uma dessas pequenas conquistas, como, por exemplo, comprar um botijão de gás ou mobiliar minimamente o apartamento, era uma vitória. Sabemos o quanto ele havia se distanciado de coisas dessa natureza. Então, passar a conta de água para seu nome ou esperar o técnico instalar a TV a cabo fazia com que ele se sentisse importante.

Oliver estava de volta ao jogo. Depois de passar um ano desempregado e abandonado num quarto de pensão, agora Oliver estava dando aulas, morando sozinho de forma digna, havia feito um livrinho em quadrinhos e trabalhava na adaptação de um autor a quem ele realmente admirava. Além de estar apaixonado por uma mulher cheia de volúpia. Mal sabíamos que isso tudo era apenas a melhora da morte.

Por tudo isso, ele chegou até a procurar o filho, Bruno. E Bruno foi a seu apartamento. E Oliver fez macarrão à bolonhesa e comprou um bom vinho. E Bruno viu esses primeiros esboços de nossa parceria. E Oliver prometeu comprar "Uma Ocasião Exterior" para Bruno. E Bruno jurou que leria. E Oliver fez o mesmo com Marina. A única diferença foi que além do macarrão ele montou uma salada. Porque as mulheres costumam gostar de salada. Mas, infelizmente, foi nesse jantar que Marina deixou claro que, apesar de gostar de Oliver, ela o amava como a um irmão, era só isso. E Oliver entendeu que não haveria incesto.

E, talvez pela mesma razão, Oliver convidou até a Martha. Porque queria mostrar que estava curado e que retomara a vida. Mas Martha declinou do convite. Até pra mim ele fez o tal macarrão. E o professor Roberto também provou o prato numa outra ocasião. Oliver só esqueceu de convidar Gilda.

Mesmo assim, Gilda apareceu de surpresa. Foi muito fácil descobrir o seu endereço. E ela foi lá.

Mas primeiro vamos reconstruir a noite em que Oliver se declarou a Marina. Eles estavam muito próximos desde a minha visita ao colégio. E Oliver falava de nossa parceria todo cheio de orgulho. E Marina realmente se impressionava. Queria detalhes de nossos encontros. E, como quase sempre eles se falavam no FASES sob o olhar furioso de Gilda, foi fácil convidá-la para jantar. Para que pudessem conversar mais à vontade. Oliver disse a Marina que queria cozinhar pra ela. Afinal, ele tinha aprendido a fazer o tal macarrão à bolonhesa. Ele achou estranho quando Marina, apesar de aceitar o convite, disse que estava morrendo de vontade de comer num japonês que ficava lá mesmo, na Pompeia. Mas isso não o desanimou. Ele ainda acreditava que tinha chances com ela. Porque os olhos de Marina brilhavam em suas conversas. Oliver chegou a pensar que Marina não quis ir de cara ao seu apartamento para causar uma boa impressão. Para se fazer de boa moça.

E eles foram ao japonês. E beberam saquê. E Oliver sentiu ainda mais que tinha chances.

E realmente ficavam cada vez mais próximos, e o segundo convite Marina aceitou. E Marina elogiou a comida. E o vinho. E seu gosto musical. Porque Oliver havia comprado um aparelho de som e uns CDs de jazz.

E Marina não hesitava quando Oliver oferecia mais vinho. E, num dado momento, quando já se sentia levemente tocado pelo álcool, Oliver sentou ao lado de Marina. E falou alguma coisa engraçada e ela riu. E Oliver entendeu que aquele era o momento. E de olhos fechados mirou a boca de Marina. Foi quando ela tocou seu ombro. De modo suave mas firme. E Oliver entendeu que aquele era o limite. Aos poucos abriu os olhos e viu a expressão camarada que Marina tentava fazer. Seu olhar era quase de pena.

E foi então que ela disse que o amava, mas de outra forma. Como a um irmão.

E como um irmão Oliver teve que conter seu desejo.

7

Pequenos quadros

Então, em nosso último encontro, ele desabafou. Falou do quanto foi duro aquele momento e como estava sendo difícil vê-la agora na escola. Disse que sentia uma mistura de vergonha e ódio cada vez que se cruzavam. Disse que Marina tentava quebrar esse constrangimento, mas que isso só acentuava o desconforto dele. Disse que tinha esperança de que nossa parceria desse certo e logo ele pudesse largar as aulas e viver de quadrinhos. Quanta ilusão.

Oliver disse que não aguentava mais dar aulas. Disse que, quando havia o jogo com a Marina, isso o mantinha animado e tornava o colégio suportável.

Foi nesse ponto que eu tive que destruir ainda mais a visão glamourosa que ele tinha da vida dos escritores. Transcrevo agora essa nossa conversa. Porque Oliver existiu realmente. Tenho todos os áudios arquivados. Aquela vez em que fui ouvir a gravação da conversa e não havia registro, houve apenas um erro, provavelmente de minha parte. Porque uso um gravador digital e o botão do REC é o mesmo do play. Naquela noite devo ter me confundido.

Assim como esse detalhe destrói a possibilidade de uma história ainda mais fantástica, essa conversa que tivemos destruiu a possibilidade de uma vida aparentemente menos rotineira para Oliver. E isso se deu logo após a desilusão vivida com Marina.

Cara, eu acho que já te falei que um escritor ganha apenas dez por cento do preço de capa de um livro, não falei?

Dez por cento?

É. Dez por cento.

Como assim?

Se o livro custa vinte reais, eu ganho apenas dois reais por livro vendido.

Sério?

Sério.

Acho que eu não tinha dito isso a ele. Oliver ficou um tempo em silêncio. Não sei se procurava assimilar o golpe ou se fazia cálculos imaginando quantos livros teria que vender por mês para poder largar a escola.

Então você deve vender um monte de livros...

Não, Oliver.

Não?

Não. Quase ninguém vende um monte de livros.

E como você faz pra se manter?

Como você, eu dou aulas.

Aulas? Você é professor?

Não. Eu dou oficinas.

Oficinas?

Isso.

Dessas oficinas literárias?

Não. Oficinas de fotografia.

Fotografia?

Isso.

Você é fotógrafo?

Não. Mas eu tenho um amigo no Sesc Belenzinho, o Alcimar, e eles precisavam de alguém para dar oficinas de fotografia. Eles têm vários níveis de oficinas de fotografia. O meu módulo é para pessoas comuns. Para quem já cursou o módulo básico e gosta de tirar fotos com câmeras simples. Na verdade, eu ensino noções de composição. ASA, configurações... coisas assim.

Nova pausa.

Mas você gosta disso que faz, não gosta?

Eu estudei um pouco sobre isso para poder pegar as aulas. Tudo o que ensino pode ser baixado em PDF ou encontrado nos próprios manuais de instrução dessas máquinas.

Mas você gosta ou não gosta de dar essas oficinas?

Elas me possibilitam fazer os meus livros. E disso eu preciso e gosto.

Essa pequena conversa encerrou nosso trabalho nesse dia. Oliver ficou realmente distante. Pensativo e deprimido. Eu mesmo fiquei pra baixo. E, infelizmente, foi a última vez que vi Oliver Mulato.

No sábado seguinte ele não veio. Ligou desmarcando nosso encontro. Inventou uma desculpa. Disse que tinha que arrumar umas coisas no apartamento.

E foi nesse dia que Oliver foi morto. Não acredito que ele tivesse realmente algo para fazer. Sinto que nossa última conversa o levou a desistir.

É trabalhoso demais fazer uma história em quadrinhos. Só quem já fez pode entender isso.

Não sei como foi a última manhã de Oliver. Presumo que ele tenha ido à feira. Não àquela atrás da caixa-d'água, porque essa é às sextas. A outra feira qualquer. E que tenha comprado algumas frutas. Banana e provavelmente nectarina, pois já estávamos quase em novembro.

Em pouco tempo Oliver estaria de férias e quem sabe não conseguisse se fortalecer para mais um ano de trabalho. Na verdade, seis meses, porque em julho haveria outras férias. Faltava tão pouco.

E quem sabe, em suas férias, provavelmente na praia, Oliver não conhecesse alguém para dividir os seus dias. Os dias cheios de rotina.

Nesse ponto eu tenho mais sorte. Porque todo fim de ano eu tenho para onde ir. E não importa quão difícil tenha sido o meu ano, porque no fim eu sei que passarei uns dias em Ibiúna, na chácara Cheiro de Relva. Ao lado de meus amigos, Sarita, Rodrigo, Gilda, Gonçalo, Chico, Bigode e sua esposa, e Samantha.

Porque Samantha voltou para mim. Porque ela sempre volta.

Mas, como já disse tantas vezes, esta não é a minha história.

Então imagino que, depois de fazer a feira, Oliver parou no Bar do Marujo e pediu uma cerveja, porque afinal era sábado. E que o Mundinho o abordou e que dessa vez Oliver teve fé. Teve fé e lembrou de um sonho. Um sonho bom. E deu o palpite e Mundinho o interpretou e jogou na águia. E quem sabe, porque a águia é parte do Grifo, não desse na cabeça.

Provavelmente Mundinho perguntaria de mim e Oliver anunciaria a nossa parceria. E isso deixaria Mundinho furioso e ele iria me ligar na mesma hora para me xingar. Então eu iria acalmá-lo e esclarecer que ressuscitaríamos o Mutarelli quadrinista. E que precisaríamos dele mais do que nunca, porque, afinal, Mundinho é o seu corpo.

Imagino que depois de algumas cervejas Oliver passou no mercadinho da dona Júlia e comprou meio quilo de carne moída.

Só então me dou conta de que agora Oliver morava na Pompeia. Seria impossível ter encontrado Mundinho ou ter passado no empório da dona Júlia.

Assim são as peças que nos prega a memória.

Mas imagino que ele realmente tomou algumas cervejas num boteco qualquer. Talvez tenha até mesmo jogado no bicho, e com certeza comprou carne em algum mercadinho do bairro, e pão de fôrma e alguns frios para o lanche da noite. E luvas amarelas. Luvas de borracha para lavar a louça. A carne era para o macarrão à bolonhesa, naturalmente. Por enquanto, o único prato que ele sabia fazer.

Imagino que se programou para ficar em casa e assistir um filme na superestreia de sua TV a cabo. E talvez tenha realmente feito algum reparo no apartamento. Talvez tenha puxado uma extensão, ou trocado um interruptor.

Não sei se fez o espaguete. Talvez tenha apenas fritado um ovo. Provavelmente comprou um fardo de cerveja ou até, quem sabe, uma garrafa de Chivas.

Com certeza, leu um pouco à tarde. Talvez o livro com que o presenteei. E pegou no sono. E sonhou com Abdera nos seus dias de glória. Viu um cortejo fúnebre. E a moeda cerrava um dos olhos do morto.

Depois ligou a TV e ficou zapeando. Deve ter assistido à reprise do documentário sobre sereias no Discovery. Sei que ele tentou fazer um dia seu. Um sábado parecido com os que eu costumo viver. Do jeito que eu gosto, porque, afinal, Oliver Mulato também sou eu.

No fim da tarde, enquanto a noite chegava, o porteiro Ramalho interfonou anunciando a chegada de Gilda. Oliver ficou surpreso. Mas imagino que, no fundo, tenha se alegrado.

Nada melhor para terminar a noite de sábado do que uma bela trepada. E, agora que Marina o negara, sabia que Gilda estaria ali, sempre disponível pra ele. Mas isso deve ter se passado num flash e bem em seu íntimo. Talvez, muito provavelmente, não tenha sequer alcançado sua consciência.

De qualquer modo, Oliver falou a Ramalho:

Mande ela subir.

8

Às margens do Aqueronte

Gildinha…
Dá licença.

Gilda trouxe um vaso de flores do campo. E olhou atentamente cada detalhe da sala. Foi visitá-lo sem ser convidada. Foi fazer companhia quando ele estava só.
É gostoso aqui.
É um pouco pequeno, mas é ótimo mesmo.
E é tão pertinho da escola…
É. Deixa eu te mostrar o resto do apartamento.
E Gilda observou tudo com muita atenção. E tristeza.
E Oliver ficou realmente feliz com sua companhia. E, lembrando do meio quilo de carne na geladeira, convidou-a a ficar. Disse que faria um jantar para eles. Gilda deve ter dito que tinha só dado uma passadinha. Isso enquanto Oliver transformava uma jarra de vidro num vaso e acomodava o arranjo sobre a pequena mesa da sala.
Como Oliver não teve coragem de olhar em seus olhos, não percebeu as lágrimas que ela se esforçava em conter.
Então, Oliver pôs um de seus discos de jazz. E convidou-a a sentar no sofá.
Você deve estar muito magoada comigo, né?
Gilda fez não em silêncio.
Desde que saí de sua casa, nós mal nos falamos…
A Marina costuma vir aqui?
Não, não…
Mas ela já veio.
Veio uma vez.
O Roberto disse que também veio.
É…
Quem mais?

Ninguém. Quer dizer, você não vai acreditar, mas o Bruno veio aqui um dia.

É mesmo?

É. Ele veio. Nós almoçamos juntos. Foi bacana.

Que bom. Então vocês têm se falado.

Estou tentando me reaproximar dele.

Que bom.

É. Eu ia te chamar...

Oliver põe sua mão sobre a mão de Gilda, mas não consegue olhar para o rosto dela. Com a mão livre, Gilda dá dois tapinhas na mão de Oliver, enquanto retira a que ele segurava.

Você toma um pouco de vinho?

Você vai tomar?

É uma boa ideia, não acha?

Pode ser.

Oliver pega no armário da cozinha um bom chileno.

Serve primeiro Gilda e propõe um brinde.

Ao recomeço.

Gilda não olha em seus olhos quando as taças se encontram.

Sim, ele comprou taças. Mas não para brindar com Gilda. Comprou para a noite que imaginou com Marina. E Oliver contou sobre os dias que viveu longe da amiga. Alterando um pouco a ótica. Tentando convencê-la de que sentira sua falta. Depois de encher as taças pela segunda vez, anunciou que prepararia o jantar.

Gilda o acompanhou à cozinha. Insistiu em ajudar. Oliver não permitiu. Disse que seria um prazer cuidar de tudo. Gilda o observava encostada ao batente da porta. Por sorte ainda tinha tomate-cereja. E Oliver montou uma salada. Temperou com azeite, sal negro e orégano. Umedeceu as pontas dos dedos e aspergiu os tomates. Depois guardou na geladeira para que o sabor ficasse mais agradável. Encheu de água uma panela grande e pôs pra ferver.

Vamos encher nossas taças enquanto esperamos a água ferver.

Repôs o vinho e disse a Gilda que estava muito feliz por ela estar ali.

Para quebrar o silêncio, contou o sonho. Disse que, enquanto passava o cortejo, ele se aproximou do morto e retirou a moeda destinada a Caronte, o filho da noite. E guardou-a em sua túnica. Disse que, ao acordar, se sentiu mal com isso. Porque dessa forma obrigou o morto a vagar por cem anos às margens do Estige ou do Aqueronte.

Terminou a primeira garrafa ao completar os copos novamente. Então abriu outra.

Picou uma cebola e três dentes de alho. Chorou ao cortar a cebola. Botou a panela no fogo. Derramou azeite extravirgem. Refogou. Quando as cebolas douraram, retirou a carne da bandeja de isopor e jogou sobre o tempero. Acrescentou sal marinho.

Quando a água começou a ferver, ele a salgou e acrescentou o espaguete. Acendeu outra boca, onde pôs outra panela. Uma colher de manteiga e um toque de azeite. Depois, o molho pronto. Completou com água a mesma embalagem e adicionou o conteúdo à panela.

Gilda observava cada detalhe. Oliver pegou uma toalha xadrez e jogou sobre a mesa da sala. Gilda fez questão de terminar de pôr a mesa. Ele mostrou onde estavam os talheres e os pratos. Sobre a toalha ele centralizou as flores que Gilda levara.

Quando a carne estava no ponto, jogou-a no molho. Escorreu o macarrão. Adicionou uma colher de manteiga. Pegou os tomates na geladeira, queijo ralado, e foram pra sala.

Gilda elogiou a massa.

Era difícil desenvolver uma conversa, mas Oliver insistia. Procurava criar assuntos. Falou sobre nossa parceria. O simples fato de evocar o meu nome despertou aquele olhar furioso de Gilda. Então, rapidamente, Oliver desviou o assunto. Falou das dificuldades econômicas dos escritores. Dos míseros dez por cento. Como isso ainda me evocava e dessa forma a ligação de Oliver e Marina, ele resolveu servir nectarinas de sobremesa. Depois das frutas e de esvaziar a segunda garrafa, com medo de ir para cima de Gilda e sofrer nova rejeição, Oliver propôs que assistissem a um filme. Gilda aceitou. Já era tarde e Oliver presumiu que ela passaria a noite com ele. Assim, quando zapeava, largou o controle de lado e partiu para cima de Gilda. Ela o recebeu docemente. Oliver a beijou com vontade. Quando tentou arrancar as roupas de Gilda, ela sugeriu irem para o quarto. Oliver pegou a última garrafa. No quarto, Gilda virou o copo num gole só. Então, ela o deitou e foi tirando as roupas de Oliver lentamente. Ela beijou todo o seu corpo e depois subiu nele. Transaram. Oliver gozou e dormiu.

Gilda foi para a sala, retirou a mesa. Vestiu as luvas amarelas e lavou toda a louça. Então, começou a mexer nas gavetas da cozinha até encontrar o que buscava. Aproximou dos olhos a faca grande de cabo preto com corte a laser.

Voltou para o quarto. Oliver dormia de barriga para cima. Ela se aproximou e ficou observando-o. Ouvindo seu ronco. Então apoiou o cabo da faca em seu ombro direito e se jogou com impulso sobre o peito de Oliver.

Oliver acordou berrando.

Gilda, como que possuída, passou a golpeá-lo no rosto. Quando Oliver tentava se defender, ela o atingia nas mãos e nos antebraços. Aí Oliver entrou em transe e começou a falar o espanhol do Google.

Gilda, como que contaminada, passou a falar nomes de capitais de países e cidades.

Depois, ela ergueu a faca e o golpeou no peito com toda a força.

Abre el culo de mi perra del infierno que se apegará a mi polla medio de la bomba...

Camarões, Yaoundé; Zimbabwe, Harare; Botswana, Gaborone; Egito, Cairo; Somália, Mogadíscio...

9
Desmembrando

A bailarina de Nimbos parou de dançar. Depois dos golpes, Gilda se deitou ao lado de Oliver. Estavam banhados de sangue. Ela dormiu um sono profundo. E sonhou com o Grifo. Creio que, enquanto morria, Oliver viu minhas mãos dedilhando o teclado do computador. Curioso, me fez levantar e procurou um espelho. Conduziu o meu corpo ao banheiro e viu meu reflexo. E tudo fez sentido. Porque tudo é possível nessa hora. E eu ainda não sabia de nada. O filósofo disse que morrer é perder a ilusão da individualidade. Quando fui Oliver, talvez estivesse morrendo.

Ao acordar, Gilda começou a pensar o que faria. Ela não precisou olhar para o lado. Ela sabia o que tinha feito. Sabia que era real. Quando subia ao apartamento de Oliver, viu a câmera no elevador. Ela acredita que fez o que devia ser feito. Mas não quer ir pra cadeia. Quando foi visitá-lo, já estava determinada. Tudo foi planejado. Exceto o que faria depois. São Paulo é cheia de câmeras, por isso ela havia programado desmembrar o cadáver e desovar em Peruíbe. Próximo à linha do trem. Ou perto de uma área de mangue.

Ela levantou e procurou a garrafa térmica e o pó. E fez café. Depois tomou banho e se secou com uma toalha do Oliver. Ela cheirou a toalha antes de abrir o chuveiro. Sentiu o cheiro do homem que amava.

Então voltou nua ao quarto. Olhou para Oliver enquanto refletia por onde devia começar. Foi à cozinha em busca de sacos de lixo.

A máquina de lavar ficava num canto da cozinha, ao lado de um pequeno tanque. Sobre ela, num armarinho chumbado à parede, encontrou um rolo de sacos azuis. Voltou ao quarto e forrou o chão do lado em que o corpo de Oliver estava. Empurrou seu cadáver sobre os sacos. Pegou a faca e tentou decepar o pé direito de Oliver. Ela não conseguia achar o ponto de ligamento dos ossos. Pensou que seria mais fácil. Mais limpo.

Quando finalmente removeu o pé, estava exausta. O suor pingava sobre as pernas do morto. Ela foi de novo à cozinha e se serviu de café. Voltou ao quarto e enfiou a faca sob a patela do joelho direito. Entrou fácil, mas Gilda teve que fazer muito esforço para arrancá-la. Ela esqueceu que Oliver tinha pinos devido à operação. Desistiu. Pensou que talvez precisasse de um instrumento mais específico. Uma serra ou um serrote. Precisava convencer o porteiro a deixá-la entrar mais tarde. Sentiu que demoraria alguns dias para concluir o trabalho. E a escola era ao lado. Podia fazer aos poucos, todos os dias, depois do expediente. Levaria Oliver em pequenos pedaços.

Tomou outro banho, guardou o pé dentro de cinco sacos de lixo, porque o plástico era transparente. Um dentro do outro como uma matriosca. Depois se vestiu.

Sua roupa estava limpa, porque ela cuidara de tirá-la e de colocá-la sobre uma poltrona antes de começar o ataque.

Ao sair, procura uma sacola de mercado. Encontra num puxa-saco pendurado atrás da porta. Acomoda delicadamente o pé embalado, tranca o apartamento e leva as chaves.

Na portaria sorri ao porteiro. Pergunta: Como vai? Tudo bem? Depois eu volto, tá?

Pouco antes de chegar em casa, ela para numa rua vazia. É domingo. Encosta rente à guia. Ao lado de um bueiro. Abre a porta do passageiro e lança o pacote na boca de lobo.

Olga não pergunta onde ela esteve. Mas também não está com uma cara boa. Diz que precisava ir ao shopping comprar um presente para uma amiga. Convida Gilda a acompanhá-la. Gilda estava morta, mas sabia que precisava ir. Para amenizar o clima. Para não levantar suspeitas. Toma outro banho e troca de roupa.

Sua mãe queria ir a uma loja que vendia louças no Shopping Ibirapuera.

Clipe das duas andando pelo shopping. Vendo roupas, sapatos, louças. De repente Gilda tem um acesso de riso. Um acesso incontrolável.

Olga, constrangida, fala: Para com isso. Que que foi? Gilda não se controla. Ri enquanto aponta pra loja e repete: Amor aos pedaços, amor aos pedaços...

A primeira HQ que publiquei em parceria com Paulo começa com a frase: "A vida é uma piada de mau gosto".

10

A capital do Brasil

No fim da tarde de domingo ela descansou. Não voltou ao apartamento de Oliver. Na segunda trabalhou normalmente.

Ela mostrou um mapa cujas cores revelavam as regiões geoeconômicas caracterizadas pela valorização dos aspectos econômicos, sociais, culturais e históricos da ocupação do território. Noutra sala falou que o índice populacional mundial ultrapassou os sete bilhões em 2011, e que em São Paulo a população atingiu 41 252 160 habitantes, segundo o Censo do IBGE de 2010.

No intervalo, na sala dos professores, ao avistar Marina, ela se aproximou muito cordialmente e falou: Eu trouxe uma coisinha pra você.

Pra mim?, perguntou Marina. E Gilda tirou de uma sacolinha um pedaço de bolo de morango com suspiros e chantili que comprou na loja do shopping. Marina ficou toda comovida.

Come.

Ah, eu vou comer mesmo. Não dá pra pensar em dieta com uma delícia dessas.

Marina ofereceu, ela fez não.

Quando Marina abocanhou o primeiro pedaço, Gilda precisou sair às pressas. Foi ao banheiro vomitar. Ela viu Marina comendo o pé de Oliver.

Ao perceber que Gilda não estava bem, Marina correu atrás dela.

Tá tudo bem aí?

Tudo, tudo...

Você tá grávida?

Não, não, imagina.

Será?

Não é, não. É que ontem eu comi muito doce.

Numa aula vaga no período da tarde, Gilda foi a uma loja de ferragens e comprou um arco de serra. Depois passou no mercado e pegou sacos de lixo mais resistentes e alguns produtos de limpeza.

No começo da noite ela voltou ao prédio de Oliver. O porteiro disse que não poderia deixá-la subir sem antes falar com Oliver.

Mas eu estou com a chave. Gilda balança o molho de chaves enquanto fala pelo interfone. Da guarita Ramalho faz não com o dedo.

Sinto muito, minha senhora. Ele não está atendendo o interfone e eu não posso deixar a senhora subir.

Ele viajou ontem à tarde e pediu pra eu vir cuidar das plantas.

Sinto muito. Eu não posso deixar a senhora subir.

É senhorita, e deixa, vai? Ela faz uma carinha meiga e indefesa.

Não de novo com o dedo.

Não tem ninguém aí com quem eu possa falar? Cadê o síndico?

O porteiro interfona no 72. Depois anuncia que o síndico vai descer.

Ela pensa rápido, talvez ele a deixe subir mas queira ir junto com ela. Assustada, ela foge. Diz que ia só buscar algo no carro e foge.

Pega um engarrafamento terrível até chegar em casa. Demonstra sinais de paranoia. O tempo todo confere pelo retrovisor se está sendo seguida. Acredita que agora darão por falta de Oliver e abrirão o apartamento com uma chave reserva. Teme ser identificada. Sabe que foi filmada entrando no prédio. Chega em casa em pânico. Olga percebe. Tenta falar com ela. Gilda diz que está com enxaqueca. Vai para o banheiro. Liga o chuveiro mas não entra. Fica agachada num canto. Corre para o quarto. Esquece o chuveiro ligado. Sobe numa cadeira e apanha uma mala grande na parte de cima do guarda-roupa. Joga a mala sobre a cama e começa a atirar as roupas lá dentro. Olga estranha o movimento. Lentamente se aproxima do banheiro. Ao ouvir o chuveiro ligado, chama pela filha.

Gilda?

Oi, Gilda responde do quarto.

E esse chuveiro ligado?

Ai. Eu esqueci. Desliga pra mim, mãe.

Esqueceu?

Gilda não responde. Continua a fazer a mala. Olga desliga o chuveiro e segue para o quarto de Gilda.

O que você está fazendo?

Gilda olha para a mãe e começa a chorar.

Que que tá acontecendo, filha?

Eu... eu... preciso ir embora.

Ir embora pra onde?

Rex se põe a latir ao lado de Olga.

Gilda senta na cama e desaba.

Olga fica assustada.

Fala, Gilda, o que está acontecendo?

Eu fiz uma merda muito grande.

Fala logo. Que foi? Você brigou com o Oliver? Foi alguma coisa na escola?

Gilda baixa a cabeça. Chora copiosamente.

Gilda, fala de uma vez. Não me deixa nessa agonia.

Eu não tive escolha, mãe. Eu não tive escolha.

Olga senta na cama próximo à filha.

Ele, ele tentou...

Foi o Oliver, não foi?

Gilda confirma com a cabeça, repetidas vezes.

Eu nunca engoli aquele palhaço. Fala, que foi que ele fez?

Ele tentou me estuprar.

Olga levanta furiosa, indignada. Eu vou chamar a polícia, ah, se vou.

Não, mãe.

Olga vai para a sala. Gilda corre atrás dela. Segura a mão da mãe quando ela tenta pegar o telefone.

Eles vão vir me prender, mãe. Me ajuda a pegar minhas coisas, eu preciso fugir.

Olga intui a gravidade da situação.

Não importa o que aconteceu. Foi legítima defesa.

Gilda se escorre pela parede. Exausta.

Eu vou ligar para o dr. Gouveia. Você precisa de um bom advogado.

Olga apanha a agenda.

Onde eu enfiei meus óculos? Olga procura. Gilda abraça os joelhos. Cai em posição fetal. Olga volta do quarto com os óculos.

Levanta daí! Agora você precisa se concentrar. Olga liga.

Por favor, eu queria falar com o dr. Gouveia. É Olga. Ele tá no banho? Então pede para ele ligar para mim com urgência, fazendo o favor. É Olga Machado. Isso.

Ao perceber que Gilda continua deitada no chão, Olga grita.

Levanta daí e me conta de uma vez que diabo aconteceu!

Ele tentou me atacar e eu peguei uma faca e enfiei nele...

Tá. Tá certo...

Eu não queria, mãe. Juro que eu não queria.

E... ele tá ferido ou tá morto?

Ele morreu, mãe.

Você tem certeza disso?

Tenho, mãe. Eu tenho certeza.

Tá bom. Foi legítima defesa. Foi legítima defesa. Levanta daí. Você precisa se controlar. Assim você não ajuda em nada. O que tá feito, tá feito. Vai comer alguma coisa. Você precisa se recompor. O dr. Gouveia vai ligar e nós vamos dar um jeito em tudo. Vai, levanta.

Gilda se escora na parede. Levanta em câmera lenta. Então, lança um olhar ameaçador a Olga. Rex late pra ela. Olga grita um "cala a boca" pro cachorro. Rex se cala.

Eu te odeio.

Quê?

Eu te o-dei-o...

Ara, vai tomar banho, Gilda. Cê tá descontrolada.

Gilda continua a encará-la com o olhar cheio de fúria. Olga não se intimida.

Vai pro seu quarto, Gilda. Agora!

Gilda obedece. Ela volta ao quarto e se deita no lado vazio da cama.

O telefone toca. Olga atende. Depois de um tempo ela vai para o quarto de Gilda.

Você não pode ser pega agora. O dr. Gouveia disse que só depois de vinte e quatro horas é que não dão o flagrante. Quando aconteceu isso?

Foi no sábado à noite. Que que ele falou, mãe?

Ele está vindo pra cá. Eu disse que não dava pra conversar por telefone. Só falei que aconteceu algo muito grave e que foi legítima defesa. Ele disse que vem conversar, mas que vamos precisar de advogado criminalista. Ele não é criminalista. Recomendou um amigo. Mas disse que está vindo pra cá. Ele quer conversar com você.

Eu não quero falar com ninguém.

Cala a sua boca.

Eu não quero falar com ninguém.

Levanta dessa cama. Vai tomar banho e comer alguma coisa. Você vai ter que reagir e, de qualquer forma, nós temos que pagar por nossos atos. Eu nunca entendi você trazer aquele vagabundo pra dentro de casa. Pra dentro da minha casa. Mas adianta falar com você? Adianta?

Eu achei que ele era diferente.

Levanta dessa cama!

Gilda levanta. Letárgica. Entra no chuveiro. Quando deixa o banheiro, ouve a voz de um homem. Vai para a sala. Dr. Gouveia está lá.

Boa noite, querida. Me conta como aconteceu.

Gilda dá um longo suspiro.

Eu fui no apartamento desse amigo... ele ficou enchendo o meu copo de vinho. Eu cuidava desse amigo...

Sua mãe disse que até hospedaram ele aqui por uns meses.

É.

Isso é bom. Sabe, Gilda, essas pessoas carentes são muito problemáticas. Mas me conta: onde estava a faca e onde você o atingiu?

A faca. Eu não sei onde tava a faca.

Ela está transtornada, doutor.

É natural. Pobrezinha. Bom, como já passou o flagrante, a primeira coisa que precisamos fazer é comunicar a polícia.

Não!

Cala a boca, Gilda. Ouve o que o dr. Gouveia tem para dizer.

É o procedimento, querida. O dr. Ricardo Nogueira é meu colega e vai te representar. Ele está vindo pra cá. Fique tranquila, nós cuidaremos de tudo.

11

Fim

Levará muito tempo para o desfecho do julgamento de Gilda. De qualquer forma ela será condenada. O júri não aceitará a alegação da defesa. A perícia contou trinta e nove perfurações. Trinta e nove facadas.

Só no rosto foram vinte e duas. Além do pé amputado e da semiamputação da perna direita na altura do joelho.

Ninguém aceitará a alegação de legítima defesa.

Fiquei sabendo da morte de Oliver só na quarta-feira. A polícia me ligou.

Na noite de segunda, o dr. Ricardo Nogueira, advogado de Gilda, comunicou o crime à polícia. Fui convocado a depor porque constava nos registros do celular de Oliver que fui a última pessoa para quem ele ligou.

Foi uma notícia terrível. Fiquei profundamente abalado. Procurei reconstruir seus últimos movimentos. Tive acesso ao inquérito graças ao Marçal Aquino. O Marçal foi repórter policial e ainda tem fortes contatos.

O livro (ou os livros) chegara (ou chegaram) ao fim. Alguém na antiga Abdera diria: ἀπὸ μηχανῆς θεός (*apò mēchanḗs theós*).

O latim transformaria em "deus ex machina".

Foi o fim da história de Oliver Mulato e de nossa estranha conexão. Fruto da moeda, ou do ovo. Dá no mesmo. Nada explica nossa ligação.

A notícia me deixou distante. Melancólico. Vazio.

Durante um tempo, fiquei parado ao lado do telefone.

Depois de alguns dias, quando li o inquérito, tive um impulso, corri ao computador e escrevi os últimos capítulos num fôlego só.

Em transe. Num triste êxtase.

Quando eu morava na Vila Mariana, muitas vezes eu cruzava com o Marçal nas ruas. Às vezes via também o Glauco Mattoso acompanhado de seu guia. Numa dessas vezes que trombei com o Marçal, ele parecia diferente. Perguntei se estava tudo bem. Ele respondeu: Eu acabei de terminar um livro, agora. Você sabe o que é isso.

Eu sei o que é isso.

Terminar um livro é uma mistura de alegria e tristeza. Uma realização acompanhada de vazio. É um mundo que não voltaremos a visitar. É uma despedida. Neste caso, a sensação é ainda mais pesada. Porque Oliver se foi de verdade. No momento em que nossa estranha relação se transformava em amizade. No momento em que iniciávamos uma parceria. Resgataríamos o Mutarelli quadrinista.

Não foi a morte de um personagem. Oliver era uma pessoa real. Oliver também era eu. "O milagre é que depois desse crime o mundo tenha continuado."

O estranho é que continuei vivo. Pelo menos acreditei nisso.

Lembrei de quando Allen Ginsberg perdeu o pai.

Lembrei do que seu guru lhe disse: "Deixe-o partir e continue celebrando".

Fui ao mercado e comprei uma garrafa de Chivas.

Bebi em sua homenagem. Celebrei, e sigo celebrando desde então.

Embora o livro estivesse terminado, demorei a encaminhá-lo ao meu editor. A princípio, achei que estava refletindo mais profundamente quanto ao nome que daria a Oliver. Porque ele tinha ficado muito contrariado quando falei que o livro era sobre ele. Foi como George em "Uma Ocasião Exterior". Eu queria contar a Oliver a sua própria história, mas ele não pôde esperar. Sua nave estava de partida.

Acho que já falei que todos os meus livros são o mesmo. É, de alguma maneira, sempre a mesma história. Um homem, que tem sempre a minha idade, sofre algo que afeta de forma irreversível sua vida. A história geralmente começa pouco antes dessa mudança e o acompanha durante um período. Até ele morrer ou até a morte ser iminente. Minha relação com Oliver foi assim.

Sei que muitos pensarão que eu forcei a barra. Alegarão que não fui claro quanto à nossa coexistência. Que isso foi um artefato literário. Acho que não consegui de fato expressar o que vivi. Quando participei de Amores Expressos, um projeto literário fascinante de que não pude dar conta — não dei conta não por incapacidade minha e, mesmo que fosse, não importa —, e meu antigo editor leu o livro que entreguei, "E Ninguém Gritava na Ponte", ele não gostou.

Eu disse que sabia que era um livro ruim. Mas, sinceramente, acredito que os livros ruins também são importantes. São parte do caminho. Fiz até um paralelo com a música, tentando me justificar com meu editor. Me justificar não, explicar. Disse a ele que adoro certas bandas. E que às vezes surge um grupo novo cujo primeiro disco é maravilhoso. O segundo, nem tanto. O terceiro, o quarto e o quinto são um lixo. E aí, de repente, eles lançam algo incrível. Acredito que eles só puderam chegar a isso através de seus erros. Olhem eu me justificando aqui.

Esta não é minha história. Podem fechar o livro. Oliver está morto. Gilda será condenada. Marina continuará gostosa. Olga viverá muitos anos ainda. Mundinho fará incontáveis viagens. Eu continuarei por aqui. Ensinando o que está ensinado nos manuais de instrução.

Fechem este maldito livro. Vão ler algo bom. Leiam um clássico.

Eu ficarei por aqui.

Como diria minha mãe, desculpem qualquer coisa.

Ou, como diria Greta Garbo... vocês sabem.

Vão embora.

Se é por falta de um fim, aí vai:

FIM

Porque, querendo ou não, seguirei escrevendo. Estou na metade de outro livro. Estava na metade antes de começar este. Tive que deixá-lo de lado por causa do que vivi. Dessa experiência tão incomum de ser dois.
Voltarei ao meu livro.
Ao outro livro. Este acabou.
Neste ponto, Oliver é mais um personagem e/ou a vida é uma mas eu fui dois.

"Precisamos transformar essas coisas em passado."

Todo livro é uma despedida.

FIM

Ele se chamará "Livro IV". E a história se passará em Nova York.
E eu silenciarei um ruído que apita na minha cabeça há sete anos. Sem parar. Talvez ainda não seja o livro bom, mas vou errando até acertar.
E vou continuar a encher o meu copo.
E provavelmente a Samantha me deixará outra vez. Porque ela sempre me abandona. Porque eu sei que eu sou chato. Chato pra caralho. E sei que não dá pra aproveitar uma linha do que escrevo quando estou bêbado, mas foda-se.
Polla en mi culo. ¡Al diablo con ese montón de mierda, hijo de puta!

Diria Oliver. Digo eu.

FIM

Desligo a porra do computador e me deito. Quero dormir e não consigo. O livro não sai de mim. Não me deixa. Fico pensando na porra da moeda.

Puto centavo. ¿Por qué Mundinho no empujó esa mierda en el culo?

Que porra de moeda é essa? Por que diabos do inferno essa porra vagou por 2424 anos até chegar em minhas mãos? Quanto tempo mais vai vagar essa porra? A quem mais vai atingir?

Preciso pegar essa bosta e lançar no fundo de um rio.

De um rio não, do mar.

Amanhã mesmo vou até o Bar do Marujo. Vou pegar essa porra de volta. E vou pra Santos, ver o Zé. Santos não, Peruíbe. Faz mais sentido com o livro.

Fecha em ciclo. O fim barato.

Terminar igual ao começo. Isso virou moda. Vou fazer isso.

tal como foi comunicado por Deus na quinta-feira à noite

Sabe, Paul, se você tivesse tempo, eu gostaria de te contar uma história.

Eu adoraria ouvir, George, mas você sabe, a nave está de partida.

Sim, Paul, eu sei.

Só me diz uma coisa, George, sobre o que seria a história?

A sua história, Paul. Eu contaria a sua história real.

Então ecoa o sinal. Um longo e melancólico apito. Paul sobe a rampa de lançamento sem olhar para trás. Eu sabia que nunca mais nos veríamos.

Fim.

Levanto e esvazio a garrafa. Já passa das três. Vou pra sala, ligo a TV. Fico vendo um filme ruim. Talvez daqui a alguns filmes esse diretor faça um bom trabalho. Adormeço.

Acordo com o sol fritando minha cara. Deveria tomar um banho. Quando me sento, a cabeça fica pesada. Acordo bêbado. Um bêbado sem barato. Falta equilíbrio e coordenação, falta a lombra.

Procuro minha carteira. Não acho. Preciso sair. Não consigo sair sem os documentos. Sou filho do regime militar. Nunca ando sem meus documentos. Reviro a casa. Subo e desço, bêbado de ontem.

Estava aqui em cima. No bolso da calça jogada no chão.

Já que estou aqui em cima, resolvo tomar banho. Abro um sabonete novo. Phebo, Odor de Rosas. Sabonete preto. Ligo o chuveiro. Quando fui morar na casa da minha avó Norma, ela me recebeu com carinho. Ajeitou minhas coisas num dos quartos. Separou uma muda de roupa que pegou na minha mala. Roupa limpa. Ao lado ela colocou a toalha. Era uma toalha rosa. Sobre a toalha ela pôs um Phebo, Odor de Rosas. O sabonete era novo. Estava na embalagem. Então ela me levou ao banheiro e me ensinou os truques pra temperar a água.

Acho que já falei sobre isso em algum dos meus livros. Se não me engano, foi em *A arte de produzir efeito sem causa*. Se não me engano. É que foi um dia muito importante na minha vida. E minha infância não foi legal. E minha avó morava na Vila Mariana e eu sonhava em morar lá. Era um casarão de pedras na rua Bartolomeu de Gusmão, 441. Às vezes ainda passo lá na frente e fico olhando aquela velha casa.

Hoje se lê num cartaz: "Aulas de Balé".

Então minha avó disse pra que eu tomasse um banho que ela ia fazer ovos mexidos com bacon. Porque ela sabia que eu amava isso. E suco de laranja. O suco de laranja da minha avó era incrível. Antigamente, quando eu morei lá perto do Bar do Marujo, eu costumava tomar espresso no café Vila França. Na época a dona era a Sandra. Fiquei muito amigo da Sandra e de seus filhos. Tinha um rapaz que trabalhava lá, o Jailson. Eu ia lá só tomar café. Mas um dia eu estava de ressaca e por isso pedi um suco de laranja. O suco que o Jailson me entregou, encheu meus olhos d'água. Era igual ao suco de minha avó. Eu disse isso a ele. Disse isso a ele com os olhos cheios de lágrimas, e ele riu. Achou que estava gozando dele.

Eu falei pra vocês irem embora. Já disse que o livro acabou. Vão de uma vez. Sou eu quem não consegue sair. Porque a morte de Oliver acabou comigo. Foi como quando perdi minha avó.

De qualquer forma, minha avó ajeitou minhas coisas sobre a velha banheira que nunca era usada e acertou a temperatura do chuveiro, que ficava na parede oposta à banheira. Quando ela saiu, eu tranquei a porta, abri o sabonete e fiquei espantado com sua cor. Preto. Eu nunca tinha visto um sabonete preto. O chuveiro era um pinga-pinga do caralho, mas o perfume do sabonete me levou a um lugar mental aonde sigo buscando voltar.

Tomei banho e, ao me secar, reparei que a toalha era áspera

demais. Até hoje uso o mesmo sabonete e compro sempre toalhas rosa. Meu chuveiro é um pouco melhor.

Sempre penso em me inscrever nas aulas de balé. Sempre penso. Sempre penso em voltar a morar na Vila Mariana. Sempre penso.

Então, igual ao menino, visto roupas limpas. Resolvo comer algo antes de sair. Não tenho bacon e estou com preguiça de ir buscar. Por isso, faço os ovos mexidos sem bacon. Também não tenho laranjas. Como num pão dormido e saio sem escovar os dentes.

Caminho até o metrô, olhando as ruas de um jeito que nunca olhei.

Pego o trem com destino à Barra Funda. Faço baldeação na Sé. Pego sentido Jabaquara. Desembarco na Ana Rosa. Caminho pela Domingos de Morais, atravesso a Joaquim Távora e desço a França Pinto.

Passo em frente ao Vila França, agora o dono é o Miranda. Aceno pra ele e gesticulo que volto depois pra tomar um café. Caminho até o Bar do Marujo.

De longe Mundinho me avista e ergue o copo em brinde.

De longe bato continência, e apresso o passo pra apertar sua mão. De longe avisto o anel. E nele a moeda infernal.

Fala, criatura!

E aí, Mundinho?

Tudo em cima?

Tudo certo, eu vou querer um desse aí que você tá bebendo.

Ôxi! Vambora. Ô Feinho, manda um desse pro chefia aqui. Caubói.

Caubói não, pede pra pôr duas pedras de gelo.

Então tá. Bota gelo.

Copo baixo, por favor.

Copo alto é foda, né? Os nego enche de gelo, aí nóis vai bebê e gela a napa, hahaha.

Pode crer. Não sei por que disse isso.

Mas fala, meu velho, que que tu manda? Vâmu voltá a fazê as parada ou num vâmu?

Pior é que não, Mundinho.

Como não?

Sabe o Oliver, o cara que ia ser o nosso desenhista?

Que que tem?

Ele faleceu.

Sério? Que merda.

Feinho traz o meu copo. Dou uma golada com gosto.

Deixa eu ver o anel.

Mundinho estica a mão. Quase encosta na minha cara. Observo o velho Grifo.

Vende ela pra mim.

Que é isso? Eu te dei, você não quis. Por que tá querendo agora?

Eu não te falei que estou escrevendo um livro?

Acho que disse, sim.

Então, o livro vai ter o nome da moeda.

E como é que você vai assinar esse livro?

Eu ainda não decidi.

Se assinar Mutarelli, o anel é seu.

Eu assino. Juro que assino.

Mundinho começa a tirar o anel do dedo, mas se detém.

Peraí. Pra que você quer o anel?

Isso não importa. Dá ele pra mim, vai.

Como, não importa? É claro que importa.

Isso não faz diferença, por favor. Se quiser, eu compro ele de você.

Mundinho tira o anel e coloca na minha mão. Eu o observo.

É bonitão esse anel.

É mesmo bonito.

A torneira grotesca agora parece realmente bela. E eu estava lá. E era como se uma música tocasse na minha cabeça. Uma música monótona, monocórdica, cantada em uníssono por todos os meus ancestrais. E meus olhos se encheram de lágrimas porque eu larguei os antidepressivos depois de vinte e oito anos de uso contínuo. A vida é muito mais emocionante sem antidepressivo. E eu estava ferido, profundamente ferido. Estamos todos feridos. E eu esvaziei o meu copo. E Mundinho esvaziou o dele. Então ele ergue o copo em direção ao bar e grita: Ô Feinho, tá dormindo? Manda mais dois. E eu olho o ser cunhado na moeda.

Esse Grifo é o demônio, não é?

Ô se é. Mas aí depende, né?

Depende?

É. Depende de que lado você está, tá ligado?

De que lado estou?

É. Depende pra que deus você reza.

Pra que deus eu venho rezando? Não consigo parar de olhar para a besta em relevo que salta da moeda. Todo artista ora ao Diabo.

Amém.

Quê?

Assim seja.

Feinho traz nossos copos cheios. Beijo o Grifo de Abdera. Eu e Mundinho nos olhamos em silêncio. Trocamos um sorriso.

Fim

Bebemos em silêncio. Somos o mesmo, naquele momento.

Você tá muito ocupado?

Por quê?

Eu queria te mostrar um lugar.

É longe?

Não. É aqui perto.

Bora lá.

Antes eu quero jogar.

Opa.

Abro a carteira. Tem cento e oitenta reais. Qual será o mais importante? A águia ou o leão? Se o Grifo é metade um metade outro, a importância deveria ser igual, não é mesmo? Mas por que então eu sinto que a águia é mais relevante?

O Grifo punha ovos de ouro.

Da hora.

Olha, eu quero jogar cem reais na águia na cabeça e oitenta no leão, na cabeça.

Opa, demorô.

Você paga o meu uísque?

É meu, patrão. Então jogo no grupo, é isso?

Acho que é.

Então tá.

Não prefere arriscar uma milharzinha pra cada?

Eu não lembro os números.

A águia é grupo 2, final 5, 6, 7 e 8. E o leão é grupo 16. Final 61, 62, 63 e 64.

Então joga 1964, que é o ano que eu nasci.

Na cabeça?

Na cabeça.

E 0418.

Fechô. Então cem no 0418 e oitenta no 1964. Tá feito. Mas, antes do rolé, vamos tomar a saideira.

Viramos os copos. Mundinho evoca Feinho.

Mundinho me oferece um cigarro. Acendo. Ele acende o dele.

E em que quebrada cê quer me levar?

É aqui pertinho.

Achei que cê ia querer ir lá na caixa-d'água.

É um pouquinho depois.

Bora.

Feinho traz os copos.

Que uísque é esse? Red?

Que Red que nada. É Chivas, meu brother. Aqui é coisa fina. Sou eu quem manda na bagaça.

Muito bom.

Coloco o anel. Ele me pertence. Eu pertenço a ele.

Somos o que somos.

É o que eu sempre digo.

Viramos nossos copos.

Vamos?

Vâmu que vâmu.

Subimos a França Pinto. Atravessamos a Domingos. Esperamos o farol da Carlos Petit. Viramos na rua da feira e seguimos até a Bartolomeu de Gusmão. Se vocês derem uma busca no Google com o nome dessa rua, descobrirão que o verdadeiro nome, o nome completo de Bartolomeu de Gusmão era Bartolomeu Lourenço de Gusmão. E Bartolomeu Lourenço de Gusmão foi a porra de um padre português que inventou a primeira aeronave de que se tem notícia. Ele a batizou de *Passarola*. E Mundinho agora me acompanha no caminho que eu percorria quando era aquele menino que minha avó Norma acolheu. Eu fazia a porra desse caminho quando deixava a porra do maldito colégio do caralho onde estudava. Uma escolinha de merda, como o FASES, como toda porra de escola do caralho. Era um coleginho de freiras e vocês não fazem ideia do que essas malditas me fizeram passar. Ave Satanás.

Ave Satã, Senhor meu Deus.

Eu queria mais um pouco daquele uisquinho.

Bora voltar lá.

Mas nós já estamos quase chegando.

Continuamos descendo a Bartolomeu. Passamos nos fundos de um colégio semi-interno onde minha mãe estudou. Mais um pouco. Passamos na esquina onde era a vendinha do seu Mário.

Chegamos em frente do 441.

Paramos.

"Aulas de Balé"

Mundinho olha pra mim. Eu olho pra ele. Somos o mesmo.

Somos o mesmo.

Sabe, Mundinho, eu estava pensando em fazer balé.

Da hora.

A vida é a porra de uma piada sem graça.

Nós dois desatamos a rir.

Nós somos os mesmos.

Os mesmos meninos.

A diferença é que agora carrego o anel no meu dedo.

Todo livro é uma despedida.

Lourenço Mutarelli nasceu em 1964, em São Paulo. Publicou diversos álbuns de quadrinhos, entre eles *Transubstanciação* (1991), *Quando meu pai se encontrou com o ET fazia um dia quente* (2011) e a trilogia do detetive Diomedes (volume único publicado em 2012). Escreveu peças de teatro — reunidas em *O teatro de sombras* (2007) — e os livros de ficção *O cheiro do ralo* (2002, 2011, adaptado para o cinema em 2007), *Jesus Kid* (2004), *O natimorto* (2004, 2009, adaptado para o cinema em 2008), *A arte de produzir efeito sem causa* (2008), *Miguel e os demônios* (2009) e *Nada me faltará* (2010).

Copyright do texto e das ilustrações © 2015 by Lourenço Mutarelli

Grafia atualizada segundo o Acordo Ortográfico da Língua Portuguesa de 1990, que entrou em vigor no Brasil em 2009.

Projeto gráfico
Kiko Farkas e Ana Lobo/ Máquina Estúdio

Ilustrações
Lourenço Mutarelli

Preparação
Márcia Copola

Revisão
Arlete Sousa
Márcia Moura

Os personagens e as situações desta obra são reais apenas no universo da ficção; não se referem a pessoas e fatos concretos, e não emitem opinião sobre eles.

Dados Internacionais de Catalogação na Publicação (CIP)
(Câmara Brasileira do Livro, SP, Brasil)

O grifo de Abdera / Lourenço Mutarelli...[et al.]. 1ª ed.
São Paulo : Companhia das Letras, 2015.

Outros autores: Mauro Tule Cornelli, Oliver Mulato & Raimundo Maria Silva
ISBN 978-85-359-2629-3

1. Ficção brasileira I. Mutarelli, Lourenço.
II. Cornelli, Mauro Tule. III. Mulato, Oliver.
IV. Silva, Raimundo Maria

15-06245   CDD-869.3

Índice para catálogo sistemático:
1. Ficção: Literatura brasileira 869.3

[2015]
Todos os direitos desta edição reservados à
EDITORA SCHWARCZ S.A.
Rua Bandeira Paulista, 702, cj. 32
04532-002 — São Paulo — SP
Telefone: (11) 3707-3500
Fax: (11) 3707-3501
www.companhiadasletras.com.br
www.blogdacompanhia.com.br

Esta obra foi composta pela Máquina Estúdio em Janson Text e Aaux e impressa pela Geográfica em ofsete sobre papel Pólen Soft da Suzano Papel e Celulose para a Editora Schwarcz em novembro de 2015

A marca FSC® é a garantia de que a madeira utilizada na fabricação do papel deste livro provém de florestas que foram gerenciadas de maneira ambientalmente correta, socialmente justa e economicamente viável, além outras fontes de origem controlada.